可怕的不是詛咒，是人心。

一番怖いのは呪いではなく、人のココロだ

蛇淚

周俊賢
黑月

人物介紹

肯亞

二十六歲，職業是一名賞金獵手相當喜愛金錢，總是認為擁有金錢就能無所不能。

蛇姬

二十二歲，冷漠寡言的海蛇後代。

克雷夫
四十五歲，職業是行商商人，好奇心相當重，對任何人事物都感到相當好奇。
伊恩萊特
三十一歲，職業是一名競技場鬥士，相當具有正義感與憐憫心。
美樂蒂
八歲，擁有能探知大腦能力的神奇孩童，個性天真無邪不過相當懼怕寒冷。

貝蒂婆婆
七十二歲，養育蛇姬長大的
和藹老奶奶。
海蛇女子
歲數不詳，蛇姬的母親，
傳說中海蛇。
貝洛特
四十八歲，
蛇姬的親生父親，
相當的驍勇善戰，
體內擁有強大的
控制能力。
蛇淚
蛇のナミダ

目錄 Contents

第一章　貢品

「邊境城」座落在夏亞大陸最東方的土地上，這座邊境城有兩項特色。第一項特色就是整座城堡是被建築在東方大陸上的兩座高山之間，城堡左右兩側的城牆都是緊貼著山壁而建，城堡周圍的城牆都被建築得相當高聳，使得邊境城的城牆變成整個夏亞大陸上最高聳的建築物。

邊境城除了擁有最高聳的城牆外，還有另一項特色就是所有城牆都是用厚實的鋼鐵夾板來組裝完成的，每一個鋼鐵夾板的表面都被一層黑膠橡皮給緊緊包覆著。各層鋼鐵夾板的交接處都有著一條小縫隙，方便鋼板排水、維修或拆裝。

邊境城的占地規模相當的遼闊，城內的居住人數、軍隊人數及天然資源都位居夏亞大陸之冠。

然而這也使得邊境城國王成為夏亞大陸上諸多小城與部落的領導者，每年都有收不完的貢品，其中不乏稀世珍寶與奇異物品，當然也少不了金幣與美女。

這一天早晨，在距離邊境城十哩之外的「土爾部落」首領帶著進貢物品抵達邊境城門。這個土爾部落是夏亞大陸上最接近邊境城的一個大部落，同樣屬於土地肥沃、天災稀少的地區，每年土爾部落的進貢物品總是會最先到達邊境城。

雙方由於鄰近彼此土地的緣故，不論在交通往來或是貨物交易都比其他大小部落要來的頻繁熱絡。兩國的領袖也因此經常聚會閒聊，也因此讓兩位領袖成為最能互相信任的好友，並以結拜兄弟相稱。

這一天也是邊境城皇后的生日大典，邊境城內的巧手工匠花費了將近三個月的時間佈置皇室內部，因為今天各部落的領袖都將會前來參加這場盛大宴會。不僅各大小部落的眾多貴賓會蒞臨，就連在邊境城境內的居民也一大早就大量聚集在城內各大道路上準備熱情的迎接外來貴賓的蒞臨。

一名小男孩在城堡內的紅瓦街道上奔跑，小男孩不斷的在人群當中奔跑穿梭。小男孩在穿越人群時與許多人發生擦撞，這讓眾人不自主的將目光放在這位魯莽的小男孩身上。

這名小男孩身穿一件用薄紙剪貼而成的紙衣，這件紙衣被精心剪裁成鎧甲的形狀。另外小男孩還在這件紙鎧甲上貼了許多銀白色的錫箔紙片，好讓這件紙鎧甲看起來就像是一件會閃閃發亮的銀白鎧甲。

小男孩不顧別人眼光與勸告，仍持續的用他細短的雙腿在奔跑，一路上不停的用他那雙丹鳳小眼在左右掃視著所經過的分歧巷道，像是一位迷了路的小孩正在思考哪條巷道才是回家的正確道路。

小男孩經過了四條大小不同的巷道後便放緩了腳步，地上的紅瓦磚塊也因為小男孩的步伐趨緩而不再發出磚塊互相碰擊的響聲，接著他慢步到第五條巷道後停下腳步。

小男孩用手背擦掉額頭的汗水後從口袋掏出被揉成一團的黃色紙張，他迅速的將紙張給拉平。

小男孩一邊觀看一邊將左手指一一的彈伸，當五根手指都張開的時候，小男孩便立即抬頭往自己的右側方向望去，看見了一條狹小又相當漆黑的小巷道。

小男孩不假思索的立即右轉跑進那條漆黑的小巷道，他雖然在狹小的巷道內卻絲毫不減緩奔跑的速度，像是背後有一隻凶惡的野狗在追逐他一般。就連在地上被人們隨手丟棄的可愛布偶也吸引不了小男孩的目光，躲在廢棄木桶旁整理毛髮的黑貓也被這名小男孩給驚嚇到跳上木桶。

小男孩一路奔跑到小巷道的出口才停下來，然而會讓小男孩停下腳步的原因是因為人們聚集在一起，擁擠人潮使得他無法順利的繼續往前奔跑。

小男孩四處觀望後，發現周圍並沒有任何空間能讓自己通過，此時他的臉上露出了一付相當失望的表情。隨後小男孩低頭看著自己的腰間寶劍，這把寶劍是自己昨晚犧牲睡眠辛苦製成的銀色寶劍，同樣也是用錫箔紙把原本泛黃的薄紙給覆蓋成銀白色。

小男孩觀看一會兒便蹲了下來，並迅速的將腳下的白色鞋子給脫了下來，這雙小白鞋是小男孩的寶貝，因為這是小男孩的父親送給他的七歲生日禮物。小男孩平常是不會穿這雙白鞋出門的，但今日小男孩卻為了夢想而將自己心愛的白鞋給穿了出來，這足以證明此夢想對小男孩意義非凡。

小男孩將白鞋拿在手上後便深深的吸了一大口氣，隨後便鑽進擁擠的人群裡，並不斷的揮著手臂將人潮給撥開。行進過程中雖不斷的被大人們叫罵勸阻，但小男孩卻裝作沒聽到，依舊使出全身力氣的往前擠。

經過一番努力小男孩終於穿越過最後一道人牆來到人群的最前排，小男孩慌張的左顧右盼，像是怕錯過任何美好景物似的。

在小男孩面前的是一條比紅瓦街道更為寬敞的道路，然而這條道路的左右兩側都站滿了許多人，這些人群裡有拿著拐杖的老邁長者、有年輕氣盛的小伙子摟著貌美女子、有媽媽牽著心愛女兒，也有爸爸抱著小嬰兒。人群幾乎占據這條路的大部分空間，只空出道路中央約一輛馬車能通行的空間。

小男孩在密密麻麻的人潮裡看見了熟悉的臉孔，隨後便開心的高舉雙手在頭頂上交叉揮舞，口中還不時的大聲喊叫。

小男孩呼喊的對象是一位年齡與身高都與小男孩差距不大的胖男孩，胖男孩聽見小男孩的呼叫後便用一種不可思議的表情看著小男孩，彷彿沒想到自己會在這個時刻跟這個地點看見小男孩似的。

小男孩看見胖男孩的表情後就開始洋洋得意，不僅立刻將頭往左側傾斜的抬起下顎看著胖男孩，臉上表情也立刻變得非常驕傲得意，微笑與高傲的神情像是在告訴胖男孩沒有認錯眼前的自己。

胖男孩看見小男孩的驕傲神情後便手指著小男孩放聲大笑，小男孩隨即往自己身上一看，發現自己身上所穿的銀白紙鎧甲已經扭曲變形，外觀已經不再像是一件閃著亮光的銀白戰甲。鎧甲已經被過度的擠壓而變得扁平，所貼製的錫箔紙也都皺成一團，現在看起來反倒像是一條斜披在前胸上的銀色緞帶。

小男孩表情懊悔的看著自己身上的錫箔紙鎧甲，心想一定是剛剛在穿越人群時被擠到扭曲變形的。隨後抬頭又看見胖男孩還在取笑著自己，於是氣到將身上的錫箔紙衣給用力硬扯了下來。並當著胖男孩的面把錫箔紙衣給狠狠地摔在地上，雙腳奮力蹬地的高高跳起，在落地的同時用雙腳將錫箔紙衣給踩得更扁平。

就在小男孩氣憤的反覆跳踩錫箔紙衣的同時，在道路的另一頭傳來了一陣響亮的敲鑼聲，小男孩聽見敲鑼聲後便看向道路的盡頭。

道路的盡頭慢慢出現許多身穿銀白色盔甲的人，他們各自騎著深褐色的馬匹，每一匹馬的身上皆蓋著厚重的馬匹盔甲。而每一位銀白騎士都戴著頭盔，拿著鐵盾，鋼鐵長槍垂直的握在鐵甲手套上，整體看來就像是一隻裝備精銳的騎士隊伍準備出征似的。

道路盡頭不斷的出現銀色盔甲騎士，這群像是從天而降的騎士馬隊，很快的就進入了人群聚集的路段。此時周圍擁擠的人群開始對這群銀白騎士歡呼了起來，像是非常歡迎這群銀白騎士蒞臨這裡一樣。

小男孩並沒有加入吶喊歡呼的行列，小男孩的眼光始終只放在馬隊最前方坐著前導馬的帶頭騎士身上。

這名走在前頭帶領著整列馬隊的銀白騎士漸漸的接近小男孩，小男孩的眼神也隨著帶頭騎士的靠近而變得炯炯有神。

這名騎士也戴著一頂銀白色的頭盔，身上所穿的盔甲比任何一位騎士都還要來得閃亮。體型也比其他騎士來得壯碩許多，連肩膀都明顯的寬了不少。

領隊騎士注意到小男孩的存在，也看到在小男孩腳邊那件被踩到扁平的錫箔紙衣。那件錫箔紙衣雖然被小男孩給踩到變形，但就外觀所繪畫的線條與剪貼的圖形，不難看出是一件模仿正規盔甲的樣品。

領隊騎士在小男孩面前勒馬停下，在馬背上仔細的觀看著小男孩，跟在後方的一整列整齊馬隊也停了下來，井然有序的場景也讓圍觀的大批人潮感到無比的壯觀。

小男孩從未如此貼近真實的銀白騎士，一顆心正在碰碰地跳個不停。小男孩總是夢想著有朝一日能夠成為人人尊敬與喜愛的銀白騎士，因為銀白騎士在人們心中是無比尊貴的。他們提著長槍抵禦外敵，保衛家園，不顧自身安危的在災禍降臨時出手救援，這就是銀白騎士受人尊敬與擁戴的原因。如今自己最崇拜的騎士隊長在自己面前，內心的雀躍是無法用言語表達的。

騎士隊長俐落的從馬背上一躍而下，隨後用手輕輕地撫摸了馬頭後便慢慢走向小男孩。騎士隊長一身發亮的盔甲，獸皮帶上還配著一把長劍，走路時馬靴後的馬刺還錚錚作響，威武煥發的模樣讓小男孩羨慕不已。

小男孩看見騎士腰間上的鐵劍時才忽然想到自己的腰帶上也有一把。於是趕緊從腰帶上將這把昨晚一夜未眠才趕製而成的紙劍給拔了出來，雙腿也跟著在同一時間靠攏並將手中紙劍給直立的貼在胸前，對著迎面而來的騎士隊長做出持劍敬禮的姿勢。

騎士隊長看了一會兒後便蹲在小男孩面前，雙手將頭盔給緩緩取下，露出了一頭咖啡色的短髮，平凡的雙眼下有著英挺的鼻梁，鼻梁上有一處約三公分的刀疤，厚實明顯的雙下巴上還有著幾根長度不一的細短鬍子。

小男孩知道這鼻梁上的傷疤是經歷過無數次戰鬥所留下的證明，下巴上的鬍渣也是因忙於戰事而無暇整理。保家衛國、無私奉獻的心態是每一位英勇騎士都需具備的，而蹲在自己眼前的這位騎士更是貨真價實的高貴騎士。

騎士隊長將小男孩的額頭與自己的額頭輕輕互撞，在額頭接觸期間這位騎士隊長對著小男孩輕聲的說了幾句話後便起身轉頭走向馬匹。

小男孩聽完騎士隊長的話後便一臉喜悅的望著走向馬匹的騎士背影，周遭圍觀的人群也在這時響起熱烈的掌聲。因為互觸額頭是騎士之間認可對方的舉動，這也代表小男孩的真誠表現得到了騎士隊長的讚許。

此時隊長頭頂上的屋簷處佇立著一道黑影，這道黑影一看騎士隊長離開馬匹後便立即地從屋簷上一躍而下，在落地之後便拔出預藏好的小刀並快速的接近騎士隊長所乘坐的馬匹。

黑衣人來到馬匹旁後便迅速將原本綁在馬鞍上的牛皮束袋給割開，被割開的束帶內滑出了一個棕褐色的小木盒。黑衣人打開木盒看一眼內容物後便趕緊蓋上木蓋，因為黑衣人查覺到有好幾位騎士正拿著鋒利長劍衝向自己。

黑衣人趕緊將小木盒給塞進胸膛上衣內，隨後俐落的躍上路旁的矮房屋頂，打了跟斗從屋頂滾落而下。

一支急速破風而來的黑色箭矢從黑衣人的小腿一劃而過，讓黑衣人一時失足摔了跟斗從屋頂滾落而下。

黑衣人看似摔得很重，一名最先趕到的騎士絲毫不給黑衣人喘息的機會，雙手持著一把巨劍快速攻向受傷在地的黑衣人。黑衣人見狀便立即抬起手臂從袖口射出一條小青蛇，這條小青蛇不偏不倚的咬住騎士的脖子，騎士趕緊把頸上的小青蛇給用力扯了下來，隨後騎士看了一眼手中青蛇後便雙唇發紫的癱軟倒地。

街道周圍的人群嚇到尖叫，後方一群騎士發出吶喊聲後圍攻了過來。黑衣人顧不得自身傷勢再度抬手射出一條較為粗長的棕色蟒蛇。這條棕色蟒蛇就像是一條繩索被拋向屋簷一樣，蛇頭到達屋頂磚瓦處時，便迅速的張大了蛇口利用上下尖牙緊緊的扣住屋瓦縫隙，隨後黑衣人起身奮力一跳並配合著蟒蛇的拉力再一次上了屋頂。

黑衣人一轉眼就從屋簷上消失了，騎士隊長舉起手示意騎士隊員不用追擊，因為騎士隊長知道小木盒並沒有被搶走。原來剛才黑衣人從屋頂上重摔落地的同時，小木盒也從黑衣人的衣襟內滾了出來。

騎士隊長撿起了小木盒看了一下內容物，然後對著後方的士爾部落的首領點頭示意，隨即擺個手勢讓整支騎士隊伍重整隊形後便慢慢的離開了街道。

第二章　賞金獵手

一名皇家總管獨自站立在皇室大廳的中央處，靜靜的在環顧著大廳內的任何一處角落。這名白髮蒼蒼的老總管被邊境城領主指派來這，負責場地裝潢與佈置，領主將如此重大的任務託付給這名白髮總管，可見這名白髮總管深得領主的信任與青睞。

老總管移動著腳步走上大廳階梯來到一張石桌旁，老總管伸出手掌撫摸著石桌表面。這一大塊長方形的潔白石塊是自己從家鄉精心挑選來的翡翠白石，整塊翡翠白石毫無雜質摻雜，經過巧手工匠的細心研磨後，整張石桌更是顯得無瑕潔淨、高貴非凡。

老總管沿著桌邊行走一圈後便走下階梯來到大廳上四根大石柱的其中一根柱子旁，老總管一邊繞著大石柱行走，一邊抬頭看著石柱上的彩繪圖案。這些由不同色彩所勾勒出來的圖形，配合上由窗外投射進來的陽光，更顯得耀眼非凡。

此時大廳門扉外傳來了一陣陣不疾不徐的腳步聲，老總管似乎知曉來者何人，於是趕緊移動身子來到大廳門前，並開啟了雙門。

「領主！」老總管彎著腰身迎接。

「我來看看皇后的慶生場地。」說話的人正是邊境城領主，身著一件金光閃閃的皇室甲冑，披著一件褐色的羊毛大袍。身材精壯且散發著高貴氣息，霸氣的臉龐上帶有一股令人心生畏懼的威嚴。

「不知領主身後的貴賓是……？」老總管持續彎著腰身說著。

「這位貴賓是一名賞金獵手。」領主說。

「是，歡迎賞金獵手駕臨！請讓老總管為領主與貴賓帶路。」老總管微笑的擺手請兩位進入大廳觀看。

「不必麻煩，我有要事，傳達下去任何人都不准靠近大廳，違令者殺！」領主雙手繞至腰後走進大廳。

「是！老總管這就去傳達。」老總管起身答話後慢慢走向門扉，行進間與領主後方的賞金獵手擦身而過。

老總管斜眼觀看像極了自己年輕時體格的賞金獵手，他似乎沒有經過嚴格訓練，是鄉村小子的身材。穿著一套普通的粗質馬褲與短衣，雙腳套著一雙看似經過數次修補的鹿皮長靴，看起來就跟一般下田耕作的窮農夫穿著沒啥兩樣，唯一不同的是肩上披著一件黑色披風。

老總管注意到此人雙手的手肘處各套著一個銀白色的鐵護具，護具比一般軍隊用的還要長上許多，形狀看起來也不太符合手臂肌肉的幅度。

「還不離開！」領主背對著老總管說。

「是！」老總管收起了眼神趕緊關上門扉大步離開。

「老總管其實很忠心，無私的將自己交付給這座城與人民，老總管對你不禮貌之處，我在此代為表達歉意。」領主回身對賞金獵手說。

「不礙事，直接說出你想要說的事吧！我並不想在此耽擱太多時間。」賞金獵手說。

「哈哈！大家都說北境獵手——肯亞的為人豪爽直接，今天我總算是深深的感受到了。」領主微笑說完後，神情立刻變得嚴肅地繼續說道：「我想請你幫我殺一個人！」。

「你給我圖像，我就給你人頭。」肯亞冷冷地說。

「夠直接！夠豪爽！我喜歡！」領主說完後就從羊皮大袍內拿出一只小木盒，並順手將小木盒拋向肯亞。

肯亞接住小木盒看了一眼後說：「這是……？」。

「沒有圖像，只有盒子內裝的物品可供你追查。這木盒內的物品是你狩獵對象所擁有的，只要你找到物品的主人並提著他的頭來見我，那我保證你所能得到的酬勞是你想像不到的，絕對足夠你大半輩子不愁吃穿。」領主說。

「你不怕我隨便提一顆頭來騙你？」肯亞看著小木盒說著。

北境領主走到肯亞身邊附耳說道：「我看起來很好騙嗎？再說北境獵手何時變成要靠欺騙來討飯吃了，我相信你不是這種人的，對吧！哈哈哈！」領主拍拍肯亞的肩膀豪邁的笑了起來。

肯亞收起小木盒後走向大門，推開一邊門扉後說：「獎賞趕緊準備好，我隨時會來領。」

「隨時歡迎！我等你的好消息！」領主目送著肯亞走出大廳門扉。

肯亞在北境城內邊走邊看盒內物品，這件物品是一條白銀項鍊，而在項鍊底部吊掛著一顆外形像是水滴形狀的藍色寶石。

肯亞蓋上盒蓋收好木盒，心裡明白要以物尋人就要先去找一個人，此人身居在土爾部落，於是肯亞去寄放馬匹的馬廊牽取馬匹後便離開邊境城。

肯亞騎著馬匹一路直奔土爾部落，土爾部落的特色就是由許多顏色不同的大小帳篷所架構而成的一個群居環境。土爾部落另一項特色就是地理環境上的優勢，由於是最靠近邊境城的部落，所以會有許多外地商人前來這個地方尋找一些歷史悠久的古董，或是罕見稀少的奇異物品。

但由於此地的法規並不嚴厲，所以引來一堆心懷不軌的黑商與惡匪在此交易，或是搶奪物品，也讓土爾部落有著地下黑市與搶匪天堂的不雅名聲。

肯亞一進入土爾部落便吸引了許多居民的目光，幾位居民還上前推銷部落裡的特產與傳統手工藝品。

肯亞知道這個部落的居民經常跟從外地奔波而來的旅客做生意，於是也見怪不怪鎮定的牽著馬匹來到部落內的一處藍色帳篷前。

肯亞將馬匹給拴好後便徒步進入了藍色帳篷，發現帳篷內只有一張桌子與三張木藤座椅。於是順手把放在帳篷最角落的軟皮矮椅給拉到木桌旁，隨後再將自身的黑色披風給掛在木頭衣架上，最後再拿起桌面上的一顆紅蘋果咬一口後便一副懶洋洋的模樣坐在軟皮矮椅上頭。

「我看你幾乎把這裡當成是自己家了，要進來也不先問問人在不在，一進來就隨性的移動物品以及拿取食物。」從帳篷深處傳來女性的聲音與腳步聲。

「想讓您看看一件東西。」肯亞說。

「又接到委託了是嗎？不是勸過你別再當賞金獵手了，這種在刀口上過日子的生活你真的喜歡嗎？我看你還是趕緊找個好姑娘娶了吧！」女性聲音再度傳來，移動的腳步聲也越來越接近肯亞。

「您再幫我一次，這一次的酬勞相當優渥，完成後就會成為多金富翁，到時候根本就不用我自己去找好女人，自然會有一堆慕名而來的美麗女人了，哈哈！」肯亞開心笑著。

「仰慕金錢的女人真的會對你真心嗎？。」女性說完後便從篷布邊緣出現在肯亞視線內。

女性一頭蒼白髮絲，年邁的臉龐上夾雜著許多歲月留下的皺褶。身穿獸皮短衣與布質棉短褲，脖子上戴著一條由動物牙齒編排而成的牙骨項鍊。在左手腕處也同樣繫有一條牙骨手鍊，而右手則持著一根由檜木製作而成的拐杖。

「貝蒂婆婆，獨自一個人生活自由自在有什麼不好？兩個人在一起生活麻煩多了。再說金錢才是好的終身伴侶，金錢讓你不愁吃穿，金錢讓你無所不能，金錢讓你感覺自己就像是個神！」肯亞微笑的放下手中蘋果起身去攙扶貝蒂婆婆緩慢的來到木藤椅旁。

「那是因為你還沒有遇見能讓你心動的女人，那種從內心深處所散發出來的悸動是你現在無法體會的。還有你早晚會被你那貪婪的想法給害慘的，說吧！要讓婆婆看的東西是什麼？」貝蒂婆婆坐穩後便將拐杖交給肯亞。

「能讓天底下最厲害、最無所不知的貝蒂婆婆過目，真的是這件物品的榮耀啊……」肯亞邊說邊笑著拿出小木盒往貝蒂婆婆面前送去。

「少跟婆婆耍嘴皮子！」貝蒂婆婆從肯亞的手中接過小木盒打開一看，隨即露出驚訝表情。

肯亞直視著貝蒂婆婆的驚訝神情說：「從沒看過您有這種表情，是不是您知道這件物品是誰擁有的？」。

「這物品從何而來？」貝蒂婆婆直盯著小木盒內的物品。

「委託人給我的，委託人要我以物尋人。」肯亞回答後順手將拐杖給擺放在桌面上，隨後再拿起桌面上的紅蘋果。

貝蒂婆婆表情嚴肅的抬頭望著肯亞說：「這位委託人是誰？」。

「貝蒂婆婆您記憶力變差了喔！您忘記賞金獵手是不能透露委託人姓名的嗎？」肯亞又咬了蘋果一口。

「不管委託人是誰，你都要遠離這個人。還有……放棄這件委託任務，別去找尋或是想殺了這條項鍊的擁有者。」貝蒂婆婆一臉嚴肅的對著肯亞說。

肯亞坐回木椅用調皮的神情微笑的說：「如果我堅持要去執行這件任務的話，那會有什麼事情發生嗎？」。

「你會死！」貝蒂婆婆用相當堅決的表情說出。

肯亞聽完話後便立即收起微笑，並將蘋果慢慢地放在桌上，一臉不敢置信的神情望著貝蒂婆婆。

「這件委託我無法幫你，你好自為之。如果你執意要去執行這項委託任務的話，那請你從此以後都別再來拜訪我。而你自己的命運也會因為你的選擇而改變。」貝蒂婆婆說完便緩緩起身走進帳篷深處。

貝蒂婆婆離開後肯亞便將木椅放回原位，再將自己的黑色披風給穿在身上，隨後回頭拿起桌面上的小木盒後便立即走出了帳篷往部落市集的方向走去。

肯亞拿著小木盒走在市集走道上，內心始終搞不懂貝蒂婆婆為何看見木盒內的項鍊後會有如此不尋常的反應。回想起貝蒂婆婆為人一向和藹親切、樂心助人，對任何事情始終保持著正面觀點。

肯亞從不曾看過貝蒂婆婆有過如此凝重的神情，直接拒絕的情況也相當的罕見，心想貝蒂婆婆會有如此的反應與表現，那就可能代表這條項鍊肯定內有玄機。

到底為何貝蒂婆婆會不讓自己去執行這項委託，這木盒內的水滴項鍊到底又有何祕密。竟然會讓貝蒂婆婆說出重話來勸自己放棄委託，貝蒂婆婆一定在隱瞞著一些事情。

就在肯亞低頭專注思考時，一名慌張奔跑的男子正好擦撞到了肯亞的手臂，肯亞手中的小木盒也在擦撞的同時被拋飛了出去，而木盒內的水滴項鍊也在木盒墜落地面的同時掉了出來。

男子因為擦撞力道讓他腳步一時不穩而跌倒在地，肯亞則是在身體被擦撞到後便下意識的抬起了手臂用手腕上的鐵護腕對準了這名魯莽男子。

肯亞看著這名男子一身流浪漢的穿著，於是心中產生了不想與這名男子計較的念頭，隨後放下手臂轉身準備去撿起小木盒與水滴項鍊。

「請救救我……」這吶喊的求救聲音從肯亞背後傳來，肯亞知道這是與自己發生擦撞的流浪漢所說出來的話。但是肯亞並沒有回過頭去，因為肯亞知道在這種強盜、流氓與黑市騙子猖獗的場所，實在不宜熱心助人或是去相信別人。

肯亞低身撿起了小木盒，同時也感覺到剛剛摔倒在地的流浪漢已經放棄求助離開了。肯亞朝著水滴項鍊掉落的方向走去，卻聽到背後一陣陣的吶喊與謾罵聲。肯亞也不去理會後方到底發生了何事或是何人在吶喊，只管彎身準備去撿取掉落在地的水滴項鍊。

「別碰那條項鍊！那條項鍊是我們老大的！」肯亞後方傳來男子的吼叫聲。

肯亞不理會後方的吼叫聲，撿起了項鍊後便往自己的懷內塞，然後一副沒事的神情繼續走在街道上。

「我說那條項鍊是我們家老大的你沒聽到嗎？」這句話語一停，肯亞感受到背後有飛行物體正在快速靠近自己，回頭卻發現一把匕首正要飛向自己的腦袋，於是趕緊把整個身體大幅度的傾斜後仰來閃避這支奪命利刃。

肯亞閃避過匕首後站穩身子看向前方，發現在自己的正前方不遠處有四名身材壯碩的男人。這四名壯漢的手中都握有刀類武器，其中一名壯漢正準備取出腰帶上的短匕首。

肯亞知道這名壯漢取出匕首後肯定會再次攻擊自己，於是快速地抬起了手臂對準了準備取出短匕首的男子，隨後一隻銀箭從手肘護具的箭孔疾射而出。

銀箭不偏不倚的射中了男子準備拿匕首的手掌，這名男子痛得當場哀叫了起來。身旁其他三名壯漢眼見同伴受傷驚嚇得拔腿轉身就跑，這三名壯漢對受傷同伴的呼喊完全置之不理，也讓這名受傷的男子掉下了哀傷的眼淚。

「別太相信別人，只有自己才是最可靠的。」肯亞邊說邊走近受傷的男子。肯亞伸手按住箭尾上的小按鈕，順勢拔出插在男子手掌上的銀箭矢。

受傷男子痛得大叫一聲，男子發現在肯亞手上的箭頭已經消失，受傷男子嚇得趕緊低頭觀看自己的右手掌心處。

「別擔心！箭頭沒留在手掌內。」受傷男子隨後看到肯亞鬆開箭尾的小按鈕，讓原本只剩箭尾與箭桿的銀箭矢忽然彈出三角狀的銳利箭頭。

受傷男子看見三角箭頭出現後便嚇得驚慌而逃，肯亞也把手中銀箭給插回鐵護腕內。

「感謝英雄出手相救！」肯亞用眼角餘光看向剛剛那名跌倒的流浪漢。

「不是在救你，我是在救我的小木盒。」肯亞冷冷的回應，因為肯亞想讓流浪漢知道自己不是個會路見不平拔刀相助的那種人。

「有些英雄常低調行善，我相信恩人就是這種人。如果恩人不嫌棄的話，能否請恩人來寒舍，讓我有機會能夠好好的招待以及答謝一下恩人。」流浪漢微笑謙虛的講著。

肯亞覺得這位流浪漢的談吐及態度都很不像是一般的流浪漢，於是轉過頭來正視這位流浪漢。

肯亞發現這個人的穿著確實是流浪漢的打扮，但是整體給人的感覺卻不像是露宿街頭、有一餐沒一餐的那種邋遢樣貌，反而流露出見識廣博的感覺。

「你不是流浪漢吧？」肯亞質疑道。

「是的，我的確如你所猜想的，我是一名在夏亞大陸各地行商的商人，我今日是為了交易而來的。但這裡雖然是最靠近北境大城的地區，但治安卻很差。所以我裝扮成流浪漢來此地交易，但沒想到在物品交易完畢後卻被四名悍匪給盯上。我拚了老命的抵抗與逃跑，直到衝撞到恩人後才獲救，我在此再一次感謝恩人。」流浪漢說完後就立即彎腰鞠躬答謝。

「商人……又剛交易完……那身上應該有金幣吧？拿些金幣來就當作回報就好！」肯亞手掌對準流浪漢並向上的張開，四根手指同時向內彎曲了幾次，一臉喜好金錢的神情毫不掩飾。

「實不相瞞！我所交易來的金幣在剛剛就已經通通丟給那四名悍匪了。但哪知道這四名悍匪拿了金幣還不滿足，仍然持續的追捕我。我心中猜想有可能是想綁架我，然後想跟我的家人談判換取更大量的金錢。」流浪漢簡單的訴說著。

「所以你現在身上沒金幣囉。」肯亞失望的說完後便轉身準備離開，因為肯亞不想把時間浪費在一個自己拿不到好處的人身上。

「恩人等等！如果恩人肯隨我回去家中一趟，我一定好好的款待恩人以及貢獻一些金幣來報答恩人的！請恩人別急著離去，務必賞臉光臨一下寒舍！」流浪漢驚慌的想阻止肯亞的離去。

「會有多少報答金幣？」肯亞仍然沒有停住腳步並背對著流浪漢。

流浪漢停頓一會兒說道：「不知道二百枚金幣夠不夠，如果恩人嫌太少我可以再增加！」。

肯亞一聽完後腳步馬上停住，隨後立即回過頭來雙眼發亮的大聲說：「走！馬上往你家出發！」

第三章　北境港口

肯亞離開了土爾部落後，便跟隨著流浪漢來到位於在北境領地最接近東海海域的唯一港口——北境港。不管是北境國與其他國家的貿易交流，或是商人與東家們的貨物交易，都聚集在此港口。

北境港口往來船隻相當頻繁，每天所進出的大小船隻不計其數，大批來往的人潮更是絡繹不絕。

但也由於海港每天來往的人潮眾多，也間接地吸引了大量的不法之徒。剽悍的強盜們在光天化日下行搶，而且各種年齡層的小偷、扒手無所不在，港口外頭的海域還有凶狠的海盜在伺機搶奪財物。

邊境城有駐派大量武裝士兵在此海港管控治安，但是成效不彰，因為這些軍官和士兵在此駐點多年早已被不法之徒用大量金錢給收買，甚至還經常發生軍隊與不法之徒相互合作牟利的行徑。

「恩人！你手肘上的鐵具非常特別，裡頭還能裝銳利箭矢，我生平第一次見到套在手肘上的防身器具，我也想添購一副好拿來當作防身使用，不知能否請恩人告知這種防身器具要去何處購買？。」流浪漢詢問著肯亞。

「別一直叫我恩人，我叫肯亞！」肯亞對著流浪漢說著。

「好的，肯亞恩人！我叫做克雷夫。」克雷夫微笑說著。

肯亞聽見克雷夫又說出恩人兩字便無奈的閉上雙眼嘆了一口氣後說出：「這個箭矢發射器是買不到的，這件東西是透過獵手與獵手之間的傳承贈予。」

「我了解了，是師父傳給徒弟的物品。」克雷夫說著。

「不談這個話題，你的商船停在哪？」肯亞不打算讓克雷夫對著這個箭矢發射器繼續提問下去，所以直截了當的切換了話題。

「在前方交叉路口往右轉就會看到提供船隻停靠的碼頭，我的商船就停在第二碼頭的第三卸貨區。」克雷夫手指著前方路口說著。

肯亞聽完後看著前方點一點頭，一臉沉默的繼續向前方行走著，克雷夫看見肯亞並無說話之意於是對著肯亞問道：「肯亞恩人，當時我在北境城的街道上撞上你的時候，當時你放棄對我發動攻擊而去撿拾你被我撞落的項鍊。我當時眼睛有稍微瞄了一下那條項鍊，總覺得那條項鍊相當的眼熟，像是曾經在哪裡見過一樣。為了解開我心中的困惑，不知道肯亞恩人是否能讓我仔細觀看一次呢？」。

肯亞聽完立即停下腳步並用斜眼盯著克雷夫，銳利的眼神讓克雷夫當下驚慌了一下。克雷夫心想是不是自己說錯話或是不該有此要求，項鍊說不定對肯亞恩人來說是一件非常重要的物品，自己卻對救命恩人做出這麼無理的要求，懊悔與不知所措的心情不由自主的湧了上來。

克雷夫決定向肯亞道歉，就在克雷夫準備開口道歉時，肯亞卻從懷裡取出小木盒遞向克雷夫並說出：「我在找這條項鍊的主人。」

克雷夫對著肯亞點點頭後就打開盒蓋，拿出項鍊觀看了一會兒，隨後臉上表情就像是有所頓悟一般的對著肯亞開心說出：「我想起來了！我大約是在十多年前在東海鎮看過這條水滴墜子項鍊！」。

「那你知道這項鍊的主人還在東海鎮嗎？」肯亞問道。

克雷夫搔搔頭回答說：「這我可就不太清楚了，過了這麼多年，不知道這條項鍊的主人有沒有離開東海鎮。因為在東海鎮內工作是相當難找的，鎮內幾乎都是以漁業為主。東海鎮女性只有紡織與清潔業能做，所以造成東海鎮內的女性會去外地討生活。」

「這條項鍊的主人是女性？」

「沒錯，所以我才會擔心那位女性會不會已經離開了東海鎮。」

「幫我找到那位女人，就算是報答了我對你的救命之恩。」

「我會盡全力來幫助肯亞恩人的！那請肯亞恩人先登上我的商船，因為在商船上有一位當時與我一同前往東海鎮挑選魚貨的老廚師，我再去詢問他還記不記得那位女孩子。」

「好！先上船去問那位廚師。如果得知那位女性沒有離開東海鎮的話，那我希望你能用你的商船載我去東海鎮一趟。」

「沒問題！我會動用我所擁有的資源來幫助恩人，肯亞恩人請移動你的腳步跟隨我，我們現在要往第三卸貨區移動並準備登船。」

肯亞對著克雷夫點點頭，兩人便開始往第三卸貨區移動。一路上肯亞回想著貝蒂婆婆的話，如今從商人克雷夫口中得知項鍊的擁有者在東海鎮上某個地區出現過。那貝蒂婆婆是不是也知道項鍊的主人住在東海鎮，但卻故意裝作不知情不肯幫助，還出言警告自己別去執行這項委託任務，還是項鍊的主人身上有什麼祕密。

「她是一位危險人物？貝蒂婆婆說自己若是執意去執行獵殺的話自己就會死，難道貝蒂婆婆認為自己的能力無法去獵殺這位女人，反倒會被這位危險女人給殺害。還是她跟貝蒂婆婆有交情？所以貝蒂婆婆用死亡來恫嚇自己，好讓女人能夠擺脫獵殺。因為貝蒂婆婆知道自己是使命必達的個性，如果不說一些讓自己恐懼而退卻的話語，是絕對無法讓自己放棄任務的。」肯亞心中推測著各種原因。

「肯亞恩人我們到了，這艘就是我出門做生意所搭乘的商船。」克雷夫手指著前方說。

肯亞的思緒被克雷夫打斷，於是往克雷夫所指的方向望去，發現停在面前的是一艘雙桅帆船。

這艘商船上有兩根粗大的檜木主桅，這讓整艘船看起來顯得相當高大。兩根船桅上都綑著又粗又長的麻繩，並且各向左右延伸出六根桅桿，而這六根橫桅上共有三大塊用麻繩綑綁的白色大帆布。

商船的船身看起來非常的堅固耐用，跟普通的商船高級許多，是採用上等木材所製成的。船身的精緻彩繪與船頭前的女神銀雕像，肯定也是花費了不少金錢。

「看來你擁有不少金錢。」肯亞望著商船說。

克雷夫知道肯亞是羨慕自己的金錢，於是微笑的對著肯亞說道：「有金錢會有金錢的煩惱與快樂，沒金錢會有沒金錢的煩惱與快樂。其實說穿了大致上是沒有什麼很大的差別性，完全只是看個人的心態與認知而已。」

「有錢才會好辦事，沒錢就做不了事。」肯亞冷淡的說。

「我有一個女兒，在多年前得了一種不知名的疾病。我找遍了各地有名氣的醫生來幫我女兒治療，但最後都無功而返。我的老婆也因為長時間照顧女兒的關係而把身體給累垮，最後我最心愛的兩個女人都相繼的離我而去。」克雷夫輕嘆了一口氣後繼續說道：「從那時候起我才明白，當一個人真正失去了內心所注重的人、事、物後，才會領悟到很多東西是無法用物質去交換的，也才會懂得去珍惜。」

「照你這麼說，你所在意的人、事、物應該所剩無幾了吧！而我認為你所擁有的金錢已經足夠讓你過後半輩子，為何你不退休，反而還在土爾部落這種危險的區域賺錢。」肯亞發出疑問，因為肯亞始終覺得人在世上很多事都是為錢而勞、為錢而苦，若是自己有足夠的金錢不愁吃穿的話，那自己肯定每天都會過著像是帝王般的華麗生活。

「不瞞你說，我當初也是這麼覺得的。我在事業巔峰時就跟我老婆談到了這點，我說我們的金錢已經累積到足夠供應一家三口的開銷，為何還要如此辛勞的過日子，難道就不能選擇比較悠閒的生活方式嗎？因為我始終搞不懂自己拚了命的工作到底是為了什麼。然而我老婆只跟我說了兩個字，而這兩個字也讓我有了改變。」克雷夫說著。

「哪兩個字？」肯亞好奇的問著。

克雷夫微笑的再度指著商船說道：「責任！在這條商船上有數十個家庭得依靠我賺取金錢來生活，他們的人生、他們的家庭、他們所在意的人事物，都需要我去支持與幫助。這份責任也讓我清楚知道人不可能只為自己而活，能為別人而活才是最精彩、最富有的人生。」

「為別人而活……」肯亞思考著為何需要為別人而活，獨自一個人快樂自在的過著想要的生活不是很悠哉嗎？

「克雷夫老闆！」肯亞看見商船甲板處站著一位皮膚黝黑的人對著克雷夫揮手大喊著。

「走吧！肯亞恩人，我們先上船再聊。」克雷夫邊說邊為肯亞帶路。

肯亞跟著克雷夫來到了登船處，自從登船木板放下來後，肯亞看見商船上的人員陸陸續續的出現並聚集在登船口處，甚至還有一位婦人手上抱著嬰兒，這群人喜悅的歡呼聲從沒中斷過。

「看來你深得這些船員的心。」肯亞覺得克雷夫跟這些船員的感情不錯。

「船上的人都是我的親人，他們也把我當成是親人。我很開心我們有共識，所以我們現在是一個大家庭。」克雷夫微笑地對著肯亞說。

「帶這些人員出海航行可以嗎？」肯亞邊行進邊看向那群船員，船員從嬰兒、小孩、青年、中年、老人各階段的年齡層都有。在大海中航行需要體力，這些小孩與體力較差的老人是要如何應付船上事務，以及航海中的安全。

「船務工作粗重繁忙，海上更有海盜橫行，但是我們總能合力去完成事務。商船上有小孩能做的事；也有壯年所做的事；而那些老年人自然也能分擔一些工作。也多虧了大家各盡其職，才能讓這條商船在蔚藍的大海中繼續航行。」克雷夫指著登船板處的船員說道。

「在海中遇到危險要如何處理？」肯亞好奇的問道，他想知道船員們如何防禦出沒在大海之中的凶狠海盜。

克雷夫搖搖手微笑地說：「我們不航行危險海域的！那些海域是危險地段去不得。」

「很多商船都走安全航道，那些海盜們不可能不知道那幾條安全航道吧？」肯亞相當的疑惑，因為據自己所知，那些凶狠海盜為了生計，總是會想盡辦法的去打聽有哪幾艘船會出港，又會航行在哪一片海域上。因為肯亞了解這些海盜遠比陸地上的盜賊搶匪更加貪婪，所以絕對不可能只會在危險航線出現。

「這些航海路線之所以會安全，是因為這些航海路線有各國在共同維護、管理。很早以前各國用大型船隻在交流貨物時，經常遭到蠻橫的海盜襲擊。於是各國就一起合作出動軍隊巡視航道，所以我們才會稱之為安全航道。」克雷夫回答。

「原來如此。」肯亞點點頭說。

第四章　海盜水蛇號

天空蔚藍，海面上的風浪也不是很大，徐徐微風讓站在甲板上欣賞大海的肯亞有點睡意。肯亞打算小睡片刻，於是欲往商船底部夾層的休息區。

肯亞發現到在甲板上工作的人員都眉頭深鎖、愁眉苦臉，有些人甚至還會刻意避開自己的目光，連看自己一眼都不願意。

這不像是自己在尚未登船時所看到的人群，當時他們的歡笑容顏去哪了？他們的熱情歡呼聲去哪了？這群人現在看起來好像有些不滿似的，難道是在不滿自己這位不速之客讓他們產生不便？還是自己做了讓他們覺得不開心的事情。

肯亞不想去問個明白，默默的從甲板走廊一路走來到了船尾儲藏室，這間儲藏室裡放置了不少貨物與食物。肯亞沒搭過商船出海航行過，好奇心的驅使讓肯亞放慢腳步的環顧整間儲藏室，想看看商船內部的構造與眾不同之處。

此時走廊的盡頭傳來一陣陣的腳步聲以及言語聲。肯亞判定有兩人正向自己所在的方向走來，由於走廊狹窄，只有一個人寬度的走廊無法兩人並排通行，所以肯亞決定停下腳步先禮讓另一邊的兩個人通過儲藏室走廊。

「聽總管說我們現在要去東海鎮。」走廊盡頭傳來男子聲音。

「那不就要行駛那片東海海域？」女性驚訝的說道。

「肯定會！我聽總管說要大家隨時做好必要的準備。」男子用斬釘截鐵的語氣說著。

「為什麼克雷夫老闆要讓我們去那片危險海域？克雷夫老闆從來沒有做過這樣的選擇，這到底是為了什麼？難道是和昨天上船的男子有關？」女性的聲音有些不悅。

肯亞聽見兩人在討論自己與克雷夫，於是移動身體緊貼牆壁來躲避走廊上兩人的目光。

「肯定有關係！要不然克雷夫老闆不會去東海鎮的，東海鎮那裡也沒有生意可以做啊！因為東海鎮的人口大多數都外移了，現在的東海鎮宛如空城，妳說像克雷夫老闆這種生意人去那要幹嘛？」男子不知不覺中提高了說話的音量。

「小聲點！等等被克雷夫老闆、總管，還是昨天登船的那位男子聽到這些話就不好了。」女性提醒著男子。

「好啦！不說了……」男子語氣中帶了點遺憾。

「既然願意跟隨老闆，就相信他吧！」女性安慰著男子。

男子大嘆一口氣後便沒有繼續說話。肯亞心想若在這時撞見他們，難免會讓這兩個人覺得不好意思，於是放輕腳步的轉身躲進放置在牆角的大酒桶旁。

走廊上的兩人很快的進入儲藏室，沒多久兩人就快速地離開了。

肯亞此刻終於明白為何甲板上的人員會如此的排斥自己，如果真的照剛剛那兩人所說的航行東海海域會很危險，那就證明克雷夫為了報答恩情而故意隱瞞。

肯亞當下決定不讓這艘商船上的人跟自己一起冒這個險，於是開始動身前往商人克雷夫的寢室。

肯亞行經過夾層走廊來到了底層休息區，休息區的人員一見到肯亞就表情不悅的閃避，或是避開肯亞的目光，肯亞一副若無其事的淡定表情繼續在底層休息區行走著。

扣……扣……扣！肯亞敲著克雷夫寢室的木門。

「何人？」門內傳出克雷夫的聲音。

「是我，肯亞。」肯亞回答著。

「原來是恩人！我馬上開門！」門內傳出小跑步的聲音，沒多久木門就被克雷夫給開啟。

「恩人請進！」克雷夫微笑地請肯亞進入寢室。

肯亞對著克雷夫點點頭後便進入到寢室，等到克雷夫將木門完全關閉時，便對克雷夫說：「想問你一些事情。」

「恩人直說無妨，恩人請先入座。」克雷夫拉出寢室內唯一的一張木藤椅要讓肯亞入座。

「東海海域是不是海盜猖獗的海域？東海鎮是不是人煙稀少的小鎮？」肯亞並沒有入座，反而單刀直入的問道。

「是的恩人，東海海域的確有海盜經常出沒，而東海鎮也如你所說的是一座人口大量外移的荒涼小鎮。」克雷夫不敢正視肯亞低著頭說道，臉上焦慮的表情就像是犯了錯的小孩在回答問題一般。

「看來你欺騙了我，商船並沒有行駛在安全航線內，那麻煩請你把商船掉頭，這艘商船不去東海鎮了，我們換搭別艘船去東海鎮尋找那位女人，記得！只有我們兩個人去東海鎮。」肯亞語氣嚴肅的說完後便轉身背對著克雷夫準備離開寢室。

「恩人等等……」肯亞停下了腳步。「我會用這艘商船前往東海鎮是因為想早點幫助恩人找到那女人，對於沒有行駛安全航線一事我在此向恩人說聲對不起。看來恩人是在擔心這艘商船上所有人員的安全，我代替這艘商船上所有人員感謝肯亞恩人的體諒，我現在就去吩咐總管將商船駛回邊境港。」克雷夫內心相當喜悅，因為原本克雷夫就不打算讓商船人員與自己一起冒這個險，但又礙於想盡快找到那女人，只好做出這抉擇。

克雷夫看見肯亞側身點頭後便趕緊拉開寢室木門往走廊走去，肯亞在後方看著克雷夫的背影，內心湧出一些莫名的感覺，這說不上來的感覺是肯亞從來沒有過的，難道這就是克雷夫所說的「責任」。

肯亞幫克雷夫關上寢室木門，心想這克雷夫開心到連木門都不關就跑了，像是小孩子聽見父母要帶自己出門而開心到顧不得手中玩具丟了就跑一樣。

肯亞臉上帶著微笑神情走在夾層走廊，忽然聽見從不同方向傳出敲鑼聲，這些鑼聲又急又響。肯亞心裡知道有事情發生了，因為大部分的船隻都是靠著鑼聲來傳遞訊息給船員們。

肯亞跑向甲板區，商船人員也都在忙碌的奔跑，而每個人的表情都顯得驚慌、害怕，看來鑼聲應該是帶來了不好的消息。

肯亞正好看見一位少年正往自己方向跑來，於是趕緊身體一挪擋住了這位少年的去路。「發生了什麼事？」肯亞問著少年。

「海盜來了啦！」少年語氣相當驚慌，一說完便往肯亞後方跑去。

肯亞心裡最不想發生的事竟然發生了，沒想到商船才剛要掉頭就剛好遇見海盜船來襲。於是趕緊進去自己的寢室披上了黑色披風，手肘裝備上了鐵護具，最後將鹿皮長靴給套入腳內後便離開寢室快步的直奔商船甲板區。

肯亞很快的來到了甲板口，看見克雷夫正在與一名體格精壯的男子交談，只見這名男子對著克雷夫點點頭後便快速的跑向自己。

這名體格精壯的男子跑得很快，肯亞也很迅速的移動身軀讓這名男子能快速通過。此時肯亞看見克雷夫正向自己所站的位置快速跑來，為了不讓克雷夫奔跑過遠，於是肯亞拉著披風快速的往克雷夫身邊跑去。

「恩人快進去夾層休息區內！甲板區目前相當危險！」克雷夫邊跑邊對著肯亞揮手，示意肯亞別再繼續往自己的方向跑來。

「海盜船在哪個方向！」肯亞大聲的對著克雷夫喊著，因為肯亞邊奔跑邊左右察看都沒看見海盜們的船隻。

肯亞看見在奔跑的克雷夫手指著自己後方，於是趕緊停下腳步往尾端望去，果然在船尾後方的海面上看到一艘灰濛濛的船隻正尾隨著商船。

肯亞快步的往船尾方向移動，肯亞想看清楚那艘船隻究竟是不是海盜船，畢竟兩艘船的差距還很遠，以現在的距離光憑肉眼還不足以下定論。

「是海蛇號。」克雷夫來到了肯亞身旁喘氣說道。

「如何確定是海盜船。」肯亞仍然望著海面。

「用這根長竹與水晶玻璃鏡就能看得清楚。」克雷夫從懷裡拿出一隻形狀像長笛般的筒狀木材與一片圓形水晶遞給肯亞。

肯亞將鏡片套上竹筒後便往不明船隻看去，呈現在小小的玻璃鏡片裡的是一艘外表包有鐵片的船隻。再往這艘船的甲板上望去，發現有一群人聚集在甲板上，有赤裸上身的、也有奇裝異服的，但相同的是手上都拿著不同的鐵製武器對著商船揮舞吶喊。

「鐵皮包覆木材來加強船體結構的強度，好讓海蛇號能夠利用衝撞方式來讓別的船隻沉沒或者是損壞到無法航行。如果碰巧遇見堅固一點的船隻，那這些海盜們便會貼近目標船隻直接登船進行殺戮搶奪。」克雷夫手指著海蛇號繼續說道：「海蛇號除了鐵皮外表可供辨識外，海蛇號還有一項與一般船隻不同之處可供辨識，那就是在海蛇號的船頭有一尊用純白銀打造而成的海蛇頭像，這尊接近半身的海蛇頭像據說就是東海水蛇『海蛇女』。」

肯亞聽完便往船頭方向看去，果真在船頭前方有一尊擁有人類臉孔的銀色人像。肯亞發現這尊半身人像有一頭超過肩膀的長髮，但一對雙眼卻留露出哀傷的眼神，右眼眼角下方處還有一滴正要沿著臉頰滑落的眼淚。

這尊人像很美，但為何人像呈現出哀傷的神情，又為何要流下一滴眼淚，種種疑惑在不知不覺中湧了上來。

肯亞決定詢問克雷夫，但此時總管卻在自身後方大聲的呼叫克雷夫，回頭看見總管一直猛對克雷夫招手，而總管臉上更是掛著一副慌張的神情，很顯然是有什麼重大的事情發生了。

肯亞跟在克雷夫後頭來到了總管身旁，總管看了一下肯亞後對克雷夫說：「克雷夫老闆，海蛇號越來越接近我們，看來光靠風力推動是不夠的，我們必須搭配划槳來逃離海蛇號的追擊。」

「好！去叫所有能划槳的人都去船槳區集合，一準備好就開始划槳加速脫離海蛇號。」克雷夫點頭表示認同，並揮手示意總管趕緊去集合人員。

「有把握能逃離海蛇號的追擊嗎？」肯亞等總管離開後便詢問道。

克雷夫搖搖頭說：「我也不確定能不能脫離危險，海蛇號被稱為是速度最快、最可怕的海盜船，雖然不曾真正的遇過海蛇號，但我相信傳聞絕對不是胡亂編造的。」

肯亞聽完後便眉頭深鎖的問道：「如果被海蛇號追上，那你可有因應對策？」

「唉……如果真的逃不了那也只能拿起武器跟海盜們拚命了，一切都只能聽天由命。」克雷夫失落的表情中夾帶著無奈的嘆息。

「我去船槳區巡視一趟。」克雷夫看見肯亞點頭後便對著甲板上一些船員呼喊、招手，這些船員也很快的放下手邊的工作來到了克雷夫身邊，並跟隨著克雷夫一起離開了甲板區，讓原本在甲板上忙碌的船員一瞬間變少了很多。

肯亞看著這些沒有被克雷夫點到名字而繼續留在甲板上工作的船員，不是太過年輕就是太過於年老，如果真的被海蛇號追上需要與海盜打鬥時，這些人員將會是最大的顧慮。

肯亞是一名賞金獵手，一些殺人手法與死亡場面看過很多，自己也經常被獵物的親友報復尋仇，身陷危險的次數自然是不計其數，早已將生死置身事外。

但商船上的這些船員大多數都沒有經歷過危險，在面對海盜襲擊下，這些不曾打鬥過的船員該如何對抗凶殘海盜呢？

肯亞生平第一次為別人的安危操心，這些人跟自己毫無關係，為何會有一股莫名的焦慮感襲上了心頭。

肯亞不願再去多想，回頭看著海面上的海蛇號，發現海蛇號與商船的距離拉近了不少。趕緊拿起遠望筒再一次的往海蛇號望去，原本那些停留在甲板上拿著武器揮喊的海盜都不見了，整個甲板竟然空空蕩蕩的毫無一人。

「海盜們都去哪了？」肯亞納悶的移動著遠望筒尋找那些海盜們的蹤跡，終於發現到在海蛇號船隻的腹部多了許多根木頭划槳，那些海盜們肯定都下去划槳好讓海蛇號加速追上商船。

肯亞發現到海蛇號的速度真的加快很多，而克雷夫的商船怎到現在都還沒有增加速度的現象。不是已經集合人員去划槳了嘛？難道是發生了什麼事？肯亞決定下去船槳區探個究竟，於是收起遠望筒快步的離開了甲板區。

肯亞直奔船槳區，不一會兒的時間就已經來到了船槳區的樓梯口。正當肯亞踏上階梯隔板時，卻聽見在樓梯下方的船槳區傳來男子說話的聲音。

「如果沒有帶那名賞金獵手……」肯亞聽不太清楚男子後頭所說的字句，但可以確定的是說話的男子是在說自己。

肯亞放輕腳步慢慢的走下樓梯，來到樓梯末端剩下三格階梯時，便貼著牆壁停了下來想仔細聆聽這位男子接下來所要說的話。

「我早就說讓那名賞金獵手上商船是錯誤的，我們就要命喪東海了。」肯亞聽見男子的語氣帶著怨恨。

「你用這種語氣跟克雷夫老闆說話對嗎？你忘記老闆平常是如何幫助我們的嗎？老闆幫我們解決難題時從不抱怨、從不喊苦，現在換老闆需要我們幫助時你卻在大發牢騷，你可別忘了要是沒有老闆就沒有我們！」這次換成女性的聲音，肯亞聽得出剛剛那位男子是在對著克雷夫說話，而現在這位正在說話的女性則是在替克雷夫抱不平。

「我家中還有妻兒在等我回去啊！而我現在卻因為一名賞金獵手而不能再看見他們，我現在內心很不平衡啊！妳的丈夫早逝又無兒女，妳現在可以說是了無牽掛、無後顧之憂，妳當然不能體會我現在的痛苦心情。」男子提高音量，聽得出來男子有些恐懼與不悅。

「你有盡到當丈夫應盡的責任嗎？你是一位愛家愛妻兒的好丈夫嗎？你好賭又酗酒又愛打妻子這些大夥兒都知道。你現在只是想找個理由來怪罪別人，別忘了那位賞金獵手是克雷夫老闆的救命恩人，你現在又怎能抱怨與怪罪別人呢！」女性清楚男子剛才所說的話不單單只是在排斥賞金獵手，其實男子是在抱怨克雷夫老闆讓這名賞金獵手登上商船。

「要是這名賞金獵手沒上船就不會有海盜追擊我們了啊！」男子這次的音量更大了。

「海蛇號是追到我們了嗎！你要是想繼續在這抱怨而不拿出鑰匙讓大夥兒開始划槳的話，那就真的會因為你而走向鬼門關了！」女性也提高了音量對著男子大喊。

肯亞終於了解商船為何到現在還沒開始加速的原因了，原來是擁有划槳室鑰匙的男子因為心中不滿而不願意交出鑰匙。

「提爾……我知道你很害怕，但現場有誰不害怕？但光只是害怕是不能解決事情的，相信我……等這場危機過去後，我一定會好好的答謝與補償大家。提爾！我需要你的幫助，我希望我們能同心協力共度難關。」樓梯下傳出克雷夫懇求的聲音。

肯亞甩一下披風走下階梯，克雷夫一看見肯亞到來就馬上臉色大變，緊張的趕緊跑到肯亞面前想對肯亞解釋卻被肯亞給張手阻止。肯亞看見船槳室門口聚集了約二十名船員，而每一位船員的臉上都是帶著不安表情。

肯亞越過克雷夫對著面前的船員說：「我是一名賞金獵手，相信大家對賞金獵手這個職業都不陌生。我是依靠獵殺人命來賺取任務賞金過日子的，每一次在刀口上時對我來說都是一項抉擇。活下去？不活下去？但每一次不管遭遇到的狀況有多糟糕，我都會在心裡告訴自己無論如何都一定要選擇活下去。」

肯亞說完後回頭看著克雷夫說：「從現在起你不再欠我恩情，你欠我的恩情在你讓我登上商船那一刻就算還清了。」

「恩人……」克雷夫滿懷歉意，因為自己領導無方才會導致這種場面。

肯亞右手搭著克雷夫的肩膀微笑的說：「我叫肯亞，是一名賞金獵手，單獨作戰是我長久以來的一貫作風。但是今天我想找一些戰友，一些能互相幫助、一起度過危機的好戰友，不知道你是否願意幫助我與我一起並肩作戰？」

「我願意！」克雷夫點一下頭跟著肯亞一起微笑。

肯亞拍拍克雷夫的肩膀後轉身回頭對著眾多船員微笑說：「我認為現在情況還沒有到達令人失望的程度，不知道大家是否願意幫助我與我並肩作戰，不知道大家願不願意讓我當你們共患難的戰友？」

船員們一聽完後都不知所措，就像是群龍無首一般不知道現在該做什麼決定似的。

克雷夫發現船員們拿不定主意愣在原地，於是走到手握鑰匙的提爾面前低聲的說：「我們剩沒多少時間可以猶豫了。」

提爾望著其他船員，但卻看到在場的每一位船員也跟自己一樣大都呈現出一副像是在期待何人能確定的告訴大家下一步該怎麼做的神情。

「我現在該怎麼辦？」提爾慌了。提爾慌到已經喪失判斷力，慌到已經快接近崩潰的狀態。

克雷夫看著提爾，伸手向前語氣誠懇的說：「冷靜下來我的朋友，把鑰匙交給我，讓我們一起回家去。」

提爾表情哀傷的看著克雷夫，最後慢慢的從口袋中掏出鑰匙遞給克雷夫後便跪在地上掩面痛哭。

克雷夫拿到鑰匙後便對船員們喊道：「讓我們一起努力甩掉海蛇號，讓我們一起展現出團結力量，讓我們一起平安的回家吧！」

船員們聽見克雷夫激勵的話語後都異口同聲的歡呼打氣，就連跪在地上的提爾也站了起來。

克雷夫說完便趕緊拿著鑰匙打開船槳室讓船員進入，一一分配好工作位置後船員們便開始划槳讓商船加快速度。

「恩人，剛剛謝謝你的幫助，不然整條商船到現在可能還無法加快速度。」克雷夫來到了肯亞身旁說道。

「別再叫我恩人了，叫我肯亞就好。走吧，我們去甲板上看看那些海盜們離我們多近了。」肯亞微笑的看著克雷夫。

「好！那我就恭敬不如從命。」克雷夫也微笑著。

肯亞與克雷夫立即動身前往商船甲板，兩人行進到夾層走廊底端準備右轉進到甲板階梯時碰見了一位剛從甲板區下來的婦人。這名婦人相當驚恐慌張的告訴克雷夫海盜船已經追上了商船，於是肯亞與克雷夫安慰婦人後便趕緊朝甲板區跑去。

兩人上了甲板區後發現甲板上的船員都聚集在一起，這些船員有的在交談，有的在擁抱哭泣，有的則是跪在地板上祈禱。還有一部分的船員在自己的腳邊放置了一些武器，看來是已經做好了要與海盜們做近身搏鬥的準備。

克雷夫跑去與甲板上的船員們交談，而肯亞則是快速地來到了船尾想來察看海盜們的動態。

海蛇號目前距離商船大約有十五個船身的距離，然而海蛇號只要再拉近一些距離就能拉弓發射箭矢來發動攻擊。而肯亞也透過自己的肉眼證明了這點，因為在海蛇號的甲板上已經站滿了手持長弓的海盜。

肯亞此時感覺到克雷夫的商船開始在加速，想必划槳室內的那些船員已經開始在動作，心中瞬間燃起一絲希望。因為兩艘船體積差不多，所以兩艘船隻的速度應該也是差距不大的才對。現在只要兩船的距離保持現狀不再繼續被拉近的話，那些海盜們就無法直接攻擊商船了，只要商船能夠撐過一段時間行駛到邊境港口的話，那這條商船的船員必定能安然無恙。

肯亞回頭想去問一下克雷夫商船到達邊境港口還需要多久時間，因為肯亞想更確定航行時間夠不夠擺脫海蛇號。

肯亞才剛移動身體走動兩步就感覺到背後有物體在靠近，於是趕緊朝著自身感覺的方向回頭一望，卻發現一支顏色漆黑的巨大鐵鉤正快速的朝著自己所站立的方向飛來。

肯亞連跳帶滾的閃避掉這支巨大鐵鉤，鐵鉤重重的撞擊在商船甲板上，硬生生的把商船的甲板給撞出了一個大洞來。

肯亞從地上爬起來趕緊往克雷夫所在的方向大喊：「你們快抓住東西！船隻要劇烈晃動了！」

肯亞才剛喊完整艘商船就因為鐵鍊被拉緊而開始產生巨大的搖晃，強大的拉力讓商船瞬間停頓並往後方傾斜，克雷夫與甲板上的眾人都因為反應不及而摔得人仰馬翻。

肯亞看著鐵鉤正好勾住商船的船邊木框，心想那些海盜究竟是用了什麼方法能將這麼大的鐵鉤給投射得這麼遠，所以從腰間掏出遠望筒想來看個究竟，卻察覺到天空此時又飛來了許多大鐵鉤。

數條大鐵鉤一直朝著商船瘋狂襲擊，佇立在甲板上的兩根檜木主桅也被大鐵鉤給擊中刺穿，大帆布更是被劃破到無法使用的程度。甲板上的人員慌忙躲避四處飛濺而起的木屑與四處胡亂滾動的物品，而克雷夫則是努力的往肯亞所在的方向靠近。

肯亞看著許多條鐵鍊被海盜們拉得更緊，整條商船也因為被鐵鍊勾住而無法繼續前進。肯亞抬頭看看帆布與主桅都損壞得相當嚴重，根本無法逃避海蛇號的追擊，看來跟海盜們交戰的情況是無法避免了。

「肯亞，那些海盜利用這些鐵鍊來拉住商船，這該怎麼辦才好？」克雷夫來到了肯亞身旁。

「那些海盜想拉近兩船之間的距離，等等這幾條鐵鍊一定會慢慢的被收回，這樣一來你的商船就會因為拉力的關係而慢慢的被拉往海蛇號。等你的商船一貼近海蛇號以後，那些海盜們便會跳上商船來大肆掠奪與屠殺。」肯亞手指著海蛇號說著。

克雷夫聽完後立刻拿出外衣口袋內的遠望筒望著海蛇號，發現在海蛇號的甲板上有許多座大型強弩機具，而海盜們正在這幾座強弩機具的旁邊拉動著機具上的齒輪將鐵鍊給捲收在機具內。

克雷夫表情憂鬱放下遠望筒說：「海蛇號是用一種大型弩具來發射大鐵鉤勾住商船的，現在那些海盜們正在把商船給慢慢的拉往海蛇號。看來我們並沒有辦法能破壞這幾條大鐵鍊，眼看著兩艘船的距離一點一點的被拉近，肯亞！現在我們該怎麼辦才好？」

肯亞皺著眉頭望著海蛇號的海蛇女頭像一會兒，隨後轉身表情嚴肅的對克雷夫說：「投降？戰鬥？由你決定！」

第五章　蛇姬

烈陽普照，波動的海水不斷的想吞食豔陽所灑下的金黃色光芒，而在這閃亮的海域上，正醞釀著一場血腥衝突。

海盜們搭弓射出繩索，一群人利用繩索擺盪上了商船甲板。海盜們也在商船碰觸到海蛇號的一瞬間拋出大量的繩索，在商船甲板上的海盜們快速撿起繩索來綑綁住兩艘船。

海盜們在從海蛇號內搬來可供行走的木板放置在兩船之間，隨後人數眾多的海盜便蜂擁而上的登上了商船。

海盜們手持武器開始在商船的甲板上搜查卻發覺甲板上空無一人，海盜們研判原本在甲板上的人群應該是躲進了甲板以下的船艙，於是海盜們聚集起來一起進入通往船艙內的通道。

商船雖然體積龐大但是通往船艙的通道並不大，海盜們雖然人數眾多但也無法一起並肩行走，只能以兩人同行的方式慢慢的向前探索。

海盜們感覺到整條走廊異常的安靜，走在最前頭的兩位海盜來到了船艙通道的第一個轉角，兩人才剛踏出轉角的第一步頭部就中了兩隻銀箭倒臥在地。

海盜們看見兩位同伴倒地後便知道在轉角處的走廊盡頭有埋伏，於是停住了腳步，並叫人從後方拿來了兩個高度超過海盜身高的長方形盾牌。

兩名海盜躲在盾牌的後方繼續前進，大盾牌把走廊上的這兩位海盜保護得很好，因此這兩位海盜並沒有受到敵方的箭矢攻擊。

這兩位海盜知道盾牌已經讓敵方喪失攻擊的動力，接下來敵方除了撤退逃跑之外別無他法，於是這兩位海盜對著後方海盜們手勢一揮，一大群海盜便又開始加快腳步，往走廊的盡頭處移動。

就在後方的海盜們開始移動的同時，走廊盡頭處突然竄出兩道身影，這兩道身影各持一根粗木頭狠狠的往手持盾牌的兩位帶頭海盜衝撞過去。

手持盾牌的兩位海盜經不起這突如其來的衝撞力而被撞倒在地，這兩道身影衝撞完後便快速地趴倒在地板上，隨後便有無數根的銀箭矢從兩人的背上飛馳而過。

「啊……啊……」無數的哀號聲在走廊上響起，海盜們被一連串的銀箭矢攻擊而死傷慘重。海盜們頓時陷入一陣慌亂並瘋狂的往後推擠，想盡快逃離走廊來躲避銀箭矢的攻擊，在慌亂撤退推擠的過程中發生互相踩踏的情況。

「這戰術真的有效！看來我們能守得住船艙。」克雷夫看見海盜們狼狽的撤退後開心的說著。

「守不了太久的，如果那些海盜無法在商船上制伏我們的話，那海盜們肯定會用海蛇號直接把商船拖去他們的巢穴，到時候再來慢慢的攻破我們即可。」肯亞一邊裝填銀箭矢一邊說道。

克雷夫拍一下自己的腦袋說：「哎呀！忘記整條商船被他們勾住了。」

「你帶著剩下的人先走，也趕緊叫所有的人盡快搭著小船離開。」肯亞看著走廊的另一頭說著。

「你不一起走？」克雷夫問。

「那些海盜一定會再來探查我們是否繼續堅守著走廊，我會盡量拖延時間讓海盜們誤判我們還在船艙內堅守著，這樣才能夠讓你們在海盜們不知情的狀況下安全的乘著小船撤退。」肯亞揮手示意要其他人員趕緊離開。

「你不走我也不走，讓他們先行離開，我來陪你一起爭取時間，讓他們撤退。」

克雷夫對著這些手持武器的船員比劃著，要這些船員都放下手中武器趕緊離開。

肯亞看著克雷夫把船員們留下來的武器都拿來放在自己的腳邊，然後蹲在那裡挑選哪一把武器自己拿得最順手。

「你不怕死？」肯亞問著。

克雷夫拿起一把鐵劍說：「我這條命早該沒了，要不是你我早就已經算是一位死人了。」克雷夫揮一揮鐵劍後搖著頭把鐵劍放回地板上。

「好，等個十分鐘，如果海盜們沒來探查的話我們就撤退離開。」肯亞手指著地板上的一把短弓。

克雷夫拿起這把短弓並拉動弓弦兩次，隨後將地板上所有的箭袋挪到牆角邊微笑的說：「先讓他們嚐嚐我精準的箭術。」

肯亞心想克雷夫在這種危險時刻還能微笑面對，於是也對克雷夫微笑的說：「到時候可別連一個都射不中啊！」

克雷夫聽完開懷大笑，肯亞也跟著一起大笑，兩人此時彷彿忘記身處險境了。

此時忽然傳來了一陣呼喊聲，肯亞及時抬手示意要克雷夫進入警戒狀態。克雷夫手指著天花板表示海盜們可能應該是在走廊上方的甲板區上，因為克雷夫判定聲音是從走廊天花板上方所透過來的。

肯亞知道那些海盜已經準備好再一次進攻船艙走廊，於是對著克雷夫點頭示意準備迎接海盜們的攻勢。

克雷夫搭著短弓對準走廊另一頭，肯亞也同時抬起雙臂準備要讓敢探出頭來的海盜吃一發銀箭矢。

就在兩人凝神專注看著走廊另一頭的時候，天花板上忽然竄出許多條大小且顏色不一的蛇。這些蛇從天花板掉落在肯亞與克雷夫身上，來不及反應的兩人嚇得大叫一聲趕緊往身上胡亂撥動。

肯亞撥掉停留在身上的蛇後，驚訝的發現這些蛇竟然都挺直著上半身圍成一個圓圈將自己與克雷夫給團團圍住，這種情況還是生平第一次遇見，這讓肯亞訝異的呆在原地不敢動彈。

「為何會被蛇包圍？」肯亞還是不敢相信自己的眼睛，於是大聲地問著克雷夫，想確定是不是自己眼花了。

「看來傳說是真的，有傳聞說蛇姬具有控制蛇類的能力，就現在這個情況看來果然不是謠傳。」克雷夫發現船艙後方也出現了許多條蛇，於是慢慢移動腳步與肯亞背對背互相緊靠著。

「蛇姬是誰？」肯亞關注著地板上蛇的動態。

克雷夫望著另一邊地板上的蛇回答道：「海盜們的首領，海蛇島的主人。肯亞，現在我們該怎麼辦？」

就在克雷夫說話的同時，肯亞發現自己前方的蛇忽然向左右兩側慢慢散開，並在蛇群後方露出一條約二個人寬度的走道。

克雷夫察覺肯亞沒有回應，於是轉頭想採知發生何事，卻也被眼前的景象給嚇到。「難不成是要我們走出去投降？」克雷夫低聲問著肯亞。

肯亞心想竟然有人能讓這些蛇這麼有紀律的行動，而這個人還能不露臉的遠距離操控這些蛇，這位海盜蛇姬到底是何方神聖。

「應該是這位蛇姬不想讓她的部下再有任何傷亡，於是控制這些蛇類來船艙與走廊探查，當這些蛇類探知到敵人位置後便開始包圍敵人並將敵人帶出。如果遇到敵人頑強抵抗，那這些數量眾多的猛蛇便會展開攻擊，直到咬死或毒死敵人為止。」肯亞向克雷夫說明要是不肯屈服走上甲板的話，那很有可能兩人都會喪命於此。

「真誇張，犯人是被獄卒押著走，我們卻是被蛇類押著走。」克雷夫苦笑的挖苦著自己與肯亞目前的遭遇。

肯亞舉起雙手表示投降並願意走上甲板，克雷夫也趕緊把短弓丟掉跟著肯亞舉起了雙手。此時肯亞看見在對面的走廊盡頭爬出了一條顏色鮮豔的紅色巨蟒，這條巨蟒的體積是自己所見過的巨蟒中體積最龐大的一條。

紅色巨蟒不疾不徐的移動到肯亞與克雷夫面前後便豎直了上半身，肯亞發現這條紅色巨蟒正在用牠那對鮮紅雙眼打量著自己與克雷夫，猜想應該是海盜蛇姬派這條紅色蟒蛇來確認情況。

「帶我去見你的主人，蛇姬。」肯亞對著紅色蟒蛇說著。

紅色巨蟒將蛇頭移動到肯亞面前，克雷夫發現這條巨蟒的蛇頭竟然比肯亞的頭顱還要大上很多，要是這條紅色巨蟒忽然張開嘴巴攻擊肯亞的話，肯亞的頭顱肯定會瞬間被吞食掉。

就在克雷夫擔心肯亞頭顱的同時，紅色巨蟒忽然吐出舌頭舔了一下肯亞的臉龐。克雷夫被紅色巨蟒的這個行為給驚嚇到，而克雷夫在驚嚇之餘看見肯亞被巨蟒的舌頭碰觸到之後整張臉就馬上變得鐵青。而肯亞的雙腳也在同一時刻彎曲到無法站立而整個人癱軟在地，他心想肯亞是不是中了這條紅色巨蟒的劇毒。

克雷夫驚覺這條紅色巨蟒是被派來殺死自己與肯亞的，於是驚慌的趕緊轉身拔腿就跑。就在自己剛跨出第一步的同時，卻發現自己的雙腳使不上力，整張臉也因為突如其來的麻痺感而無法活動，身體更是不由自主趴倒在地。

☾

「爸爸快來陪我玩！」克雷夫聽見有孩童在自己後方呼喊，於是轉身看見自己的女兒正在呼喊著自己，而滿臉微笑站在女兒身旁的女性則是自己最心愛的妻子。

克雷夫相當開心的往女兒與妻子的方向跑去，就在自己即將到達女兒與妻子身邊時，地板下忽然竄出一條體積相當龐大的紅色巨蟒。紅色巨蟒迅速的用牠那龐大的身軀捲起了自己的女兒與妻子，然後在開張牠那張巨大的血盆大口瞬間就吞掉了兩人。

「不！」克雷夫大喊一聲，但喊聲停止後才忽然驚覺是在作夢。克雷夫醒來後感覺到頭部相當疼痛，摸著腦袋坐立了起來，發現肯亞就坐在自己右前方不遠處。

「作惡夢嗎？」肯亞說。

「我們被海盜抓了？」克雷夫發現自己與肯亞身處在鐵牢內。

「沒錯，那條紅色蟒蛇把我們給麻痺癱瘓了。」肯亞拿起放置在腳邊的靴子丟向克雷夫。「你的靴子，看來那些海盜很粗魯的搬動你。」

克雷夫接住靴子後說：「頭痛得要命，那些海盜可能有敲打我的頭。」

「沒人打過你的頭。」

「是誰在說話！」克雷夫此時才驚覺鐵牢外面有人。

「是看顧牢房的海盜。」肯亞坐在旁邊冷冷的說著。

「沒錯！我就是負責看管你們這兩個小兔崽子的『快刀哈姆』，聽到快刀哈姆這個稱號應該嚇到了吧！」克雷夫看見一位滿頭白髮的駝背老翁手拿著一個飯碗走了過來。

「快刀哈姆……？沒聽過，為什麼聽到快刀哈姆要嚇到？」克雷夫皺著眉頭問著。

「你這個小兔崽子竟然沒聽過我！當年我可是跟著老首領一起出入戰場打遍天下無敵手才闖出這個名號的。想當初不管是在哪一片海域或是在哪一片土地，我與老首領可都是最令敵人感到懼怕的兩位戰士。但如今偉大的老首領先走了，而我卻淪落到看管犯人的地步，唉……要是老首領還在的話不知道該有多好。」哈姆說著說著便紅了眼眶。

「老首領？那你們現在的海盜首領蛇姬就是老首領的女兒吧？」克雷夫好奇的問著哈姆。

「女娃兒不是老首領的親生女兒，女娃兒是老首領撿到的。」哈姆伸手將飯碗遞給克雷夫說：「沒多餘的飯菜啦！你們兩個只能共同吃一碗。」

「感謝，所以蛇姬是因為成為老首領的養女後才成為首領的。」克雷夫從哈姆手中接過飯碗說道。

「當時我很生氣，因為老首領沒把首領的位置給我卻留給那個女娃兒，不過後來想想這個女娃兒也是真的很努力的在為大家做事，也付出了很多的心力愛護著大家。雖然女娃兒小時候的身世經歷很不堪回想，但女娃兒總是能為自己找到學習成長的路，所以到最後我也很認同女娃兒就是我們的首領這回事了。」哈姆說完轉身準備離開牢房。

克雷夫看哈姆準備離去於是趕緊問道：「你們的首領不堪回想的身世經歷是怎麼一回事，您能說給我聽聽嗎？」

哈姆停下了腳步，停頓了一會兒才開口說出：「我已經忘記我跟著老首領來東海已經幾年了……」

「你們不是東海人嗎？」克雷夫插嘴問道。

哈姆轉過身來說：「我們原本是夏亞大陸南境海域上的海盜，是因為不小心搶奪到南郡城主的運輸船而惹得南郡城主不高興，於是南郡城主派出了上千名精兵前來圍剿我們所居住的南海群島。」

「結果呢？哪一方贏了？」克雷夫就好像是小孩子一樣，對任何事情都非常的好奇。

哈姆雙眼緊閉搖搖頭說：「寡不敵眾，我們被南郡城的上千名精兵給打得落花流水。老首領在戰亂中帶領著倖存者駛船逃離了南海群島。當時老首領看著落魄的我們，心裡頭很不是滋味。老首領決定另尋居住場所準備東山再起，於是吩咐船隻向北方航行前往北境領地，因為當時聽說北境領地的治安並不是很好，附近的北境海域在當時也沒有太多的海盜船隻在海域上搶奪。治安敗壞的地區就是我們這些不法之徒最好的溫床，鮮少同業競爭對手更有利於我們在北境領地內與北境海域上重振旗鼓。」

克雷夫點點頭說：「北境領地內的治安真的是很糟糕，那你們最後有跟著老首領去北境領地嗎？」

「沒有。」哈姆搖著頭繼續說道：「當時船隻一路航行到東海海域，老首領在甲板上活動筋骨時無意間發現到了一座島嶼。這座島嶼引起了老首領的興趣，於是老首領親自帶領兩艘小船登上島嶼進行調查。老首領他們一行人經過了三天兩夜的全島搜查，最後終於才確定了這座島嶼是一座無人居住的島嶼。老首領回到船上後就叫大家集合開會，在會議中老首領向大家表態想以這座無人島嶼當作東山再起的海盜基地，大家經過一番討論後決定聽從老首領的提議，於是我們這群從南海來的海盜便待在這座東海島嶼直到現在。」

「無人島?所以老首領不是在這座島嶼上撿到蛇姬的，那你們的老首領是在那裡撿到蛇姬的？」克雷夫問說。

「在海面上。」哈姆說完後發現克雷夫一臉懷疑的表情，於是慢慢的走到克雷夫面前說：「我們在島嶼上安頓好後，老首領便帶領著我與幾名年輕力壯的夥伴，一同前往距離海盜基地最近的東海鎮來進行生活用品的補給。老首領與我在街道上一邊購買生活必需品，一邊開始打聽當地的治安與附近海域的情報。畢竟在這人生地不熟的環境，想成功的搶奪財物，或是想在這區域佔有一席之地，蒐集情報當然是不可缺少的，因為知己知彼才能百戰百勝。」

「沒錯！我要是去陌生的地區做生意的話，我也是會先打聽情報。」克雷夫點頭認同老首領。

哈姆斜仰著頭得意的說：「打聽情報是我的主意，是我提議老首領要調查一下這個東海鎮的。」

克雷夫滿臉欽佩的表情說：「沒想到哈姆爺爺你這麼有智慧。」

「哈哈哈……年輕人說話不要太誠實，有時候做人要低調一點。」哈姆聽完克雷夫的稱讚後整張臉的表情更是陶醉到不像話。

「那後來呢？有打聽到那些情報嗎？」克雷夫就像是一個正在聽故事的聽眾，總是非常想盡快知道故事內容的發展。

哈姆收起了笑容說：「我跟你說喔！我與老首領後來打聽到一件天大的好消息。」

「是什麼好消息？你們打聽到哪一些好消息快告訴我！」克雷夫好奇興奮的表情全寫在臉上，讓坐在一旁的肯亞搖著頭嘆了一口氣，心想克雷夫簡直完全忘記自己現在是一位階下囚。

哈姆輕輕的咳嗽了一下，清清喉嚨後就把臉貼近到牢房的鐵欄杆，而克雷夫也把自己的耳朵貼近滿是灰塵的鐵杆。肯亞看見哈姆開始輕聲細語的在克雷夫耳朵邊說話，兩人搞得好像是在密談什麼大事一樣神祕兮兮的。

「什麼！你說你與老首領一起打聽到東海鎮居民大都以捕魚為生，這種情報也能算是天大的好消息？」克雷夫語氣驚訝並帶點疑惑問道。

哈姆一聽便大聲的說：「怎不算是天大的好消息！你說看看你覺得海盜要靠什麼來維生？」

「當然是靠搶奪一些做生意用的運輸船以及一些出海捕魚的漁船。」克雷夫講到這裡才恍然大悟的說：「啊！以漁業為主的東海鎮對海盜來說就是一座天堂鎮。」

哈姆開心笑著說：「你說的沒錯，後來這些漁民出海後就經常被我與老首領搶劫掠奪，想當初我與老首領兩個可說是相當神勇，因為我與老首領可是從來都沒有失敗過一次，當時東海鎮的居民還給我們取了一個『東海惡賊』的稱號呢！」

肯亞在一旁聽一聽也笑了，但肯亞不是在笑這個天大的好消息，而是在笑克雷夫真的是跟這位海盜哈姆聊開了。

「那這位養女蛇姬究竟是如何在海面上被老首領撿到的？」克雷夫想知道首領蛇姬的來歷。

哈姆黯然的說道：「由於我們這些海盜太過頻繁的在東海海域上大肆搶奪，導致於東海鎮的居民也因為漸漸失去了長久以來的謀生環境而造成大量的人口外移，最後導致東海鎮慢慢變成一座人煙稀少的荒涼小鎮。

東海鎮居民漸漸的不敢再出海捕魚，東海惡賊這個惡名遠播了以後也讓一些商業船隻都繞道行駛來避開我們經常出沒的海域，這些原因讓我們的財務漸漸陷入入不敷出的困境。我們有好一大段時間都沒有搶奪到任何物品，老首領也慢慢的開始擔心了起來，於是在某一次的會議中提議暫時放棄海面上的任何搶奪，改換成大夥兒都上去陸地上搶劫掠奪。

大夥兒一開始都覺得老首領這個提議不太妥當，畢竟在陸地上搶奪跟在海面上搶奪是有著非常大的差異。大海上搶奪能先在安全範圍內利用遠距離觀察來得知對象船隻大小以及船隻上的人員數目，覺得能穩穩的搶下這艘船上的貨物後才出手搶奪，這樣能讓大夥兒的風險降到最低。

但要是選擇在陸地上搶奪那可就不太一樣了，因為在陸地上搶奪是需要冒著極大的風險，陸地上敵人的數量與武裝都很不容易掌握，在陸地上敵人的增援速度也會比在海面上快，甚至一些大型據點還有大批的軍隊在駐守著。

特別是大夥兒都不是很熟悉東海陸地上的地理環境，不論是進攻還是撤退都很難去規劃路線。在這種條件下會讓大夥兒的成功機率變低，也很容易就會有意想不到的事情發生，而讓大夥兒陷入危機。」

克雷夫此時插嘴說道：「在陌生的地方還很容易遭遇到敵人埋伏，我就是在一個陌生的小部落內被強盜打劫的。因為我太大意沒有事先打探小部落的現況，才會導致自己不但金錢沒了還差點連這條小命也丟了。那後來呢？你們有從汪洋海盜轉型變成陸地強盜嗎？」克雷夫繼續打破砂鍋問到底。

哈姆搖搖頭說：「雖然大夥兒當時不贊成老首領的提議，但老首領說只剩下這個辦法可以試看看，不然大夥兒將會面臨到就地解散的局面。大夥兒最後只好聽從老首領的提議，開始規劃準備登上陸地當強盜。

老首領選擇的第一個搶奪地點就是東海鎮，但老首領這次要搶的並不是東海鎮居民的金錢，而是要奪下整個東海小鎮，老首領想把整個東海鎮攻打下來占為己有。

老首領說把東海鎮拿下以後就會暫時把東海鎮當成是大夥兒的臨時基地，因為老首領告訴大夥兒他的最後目標是放在那些位於大陸中央地帶的富裕大城。

大夥兒光籌備物資就花了三天三夜，會議後的第四天大夥兒聚集在船隻甲板上準備出海攻打東海鎮。我記得當時陽光普照，溫度也相當的暖和舒適，大夥兒在聽完老首領的最後交代事項後便開始駛船出海。

大夥兒將船隻開離島嶼的當時海面風平浪靜，但沒想到船隻到達東海鎮附近海域的時候卻颳起了陣陣大風。大風侵襲了東海鎮附近的整片海域，海面上的波浪也逐漸的隨著風勢而越來越大。

老首領看一看風浪後決定讓大夥兒撤回島嶼，就在大夥兒把船隻掉頭準備回航的時候，老首領卻在此時看到在前方不遠處的海面上出現了一條小木舟。

老首領拿起遠望筒看見小木舟上有一位小女孩昏倒在木舟上，老首領知道這條小木舟將無法撐過現在的風浪，而昏迷在小木舟上的小女孩也很難能夠從這種風浪中存活下來，於是吩咐大夥兒將船隻開往小木舟準備搭救躺在小木舟上的小女孩。

老首領將小女孩帶回島嶼基地細心照顧，我還記得小女孩醒來後看到老首領時還相當害怕，但在得知自己目前身在東海島嶼上時，小女孩的心情卻顯得相當的開心。

小女孩大約十來歲，留著一頭黑色長髮，眉清目秀的五官相當可愛漂亮。老首領問小女孩為何要單獨在大海中划著小木舟，小女孩當時看著周遭圍著十幾位面目凶惡的大夥兒被嚇得不太敢張口說話。

老首領看出小女孩的恐懼，於是老首領叫我們大夥兒都先行離開休養室，讓老首領與小女孩單獨在休養室裡談談。

後來小女孩不知道跟老首領說了些什麼，老首領從那時候起就變得很喜愛這位小女孩，甚至還對大夥兒宣布說小女孩從此刻起就是他的養女。

大夥兒當時都不明白老首領認小女孩為養女的用意為何，只知道老首領從那時候起就經常會不定時的帶著小女孩遊走島嶼，也會每隔一段時間來回接送小女孩往來東海鎮與島嶼基地之間。

時間漸漸的溜走，大夥兒經常在私底下討論小女孩到底對老首領說了什麼或是做了什麼事，竟然能讓老首領放棄攻打東海鎮了，還經常陪著小女孩環島以及出海繞行東海海域，完全都忘記了大夥兒還需要他的領導來解決越來越嚴重的財務危機。

大夥兒在一次私下的討論中都覺得這種情況不能再持續下去，於是推派我去找老首領談一談。而我心裡也認為的確需要與老首領來討論一下現況，於是我彙整大家的意見與看法後就直接去找老首領。

我去基地外圍的海岸地區尋找老首領，我認為老首領會在那裡，因為老首領那時經常帶著小女孩待在島嶼的海岸邊，至於是何種原因讓老首領變成這樣，大夥兒還是摸不著頭緒。」

克雷夫又插嘴問道：「然後呢！然後呢！你有找到老首領嗎？」

「有！也得知了老首領為何會有如此改變的原因。」哈姆說。

「是什麼原因快告訴我。」克雷夫一臉迫不及待的表情。

哈姆繼續說道：「當時我在海岸邊的礁石區找到他們後，就直接走過去想與老首領交談，當時也不管等等要與老首領討論的話題是否會傷及到小女孩的心靈，為了拯救大夥兒與解決目前面臨到的種種問題，犧牲掉一位十幾歲小女孩的感受那對我來說並不算是什麼大事。

就在我心意已決的走近他們兩人後方的大礁石時，我聽見了小女孩與老首領正在談話的聲音，於是我放輕腳步悄悄的爬上大礁石想聽聽看他們的談話內容，結果我在大礁石上探頭一看，卻看到了令我相當震驚的景象。」

「是什麼景象！」克雷夫太入戲喊了起來，原本坐在一旁閉著雙眼的肯亞也在這時睜開了雙眼。

哈姆看了一下睜開雙眼的肯亞後繼續說道：「是戰略圖！小女孩竟然手拿著小石塊在岩石上刻畫著戰略圖，然後一邊畫一邊對老首領解說。老首領有時也會打斷小女孩的解說提出自己另外一套看法，我就這樣看著兩個人你來我往討論了許久。」

「他們談了什麼？」這次換肯亞出聲發問，克雷夫皺眉望著肯亞。

「未來。」女性的聲音從牢房階梯口傳來。

哈姆聽到女性聲音後便馬上臉色發青嚇得趕緊往牆角邊躲去，克雷夫猜想一定是海盜首領蛇姬來了，這也讓原本冷靜的坐在一旁的肯亞站了起來。

「從我得知養父與海盜夥伴們的財務問題後，我就日以繼夜不停的在鑽研解決辦法。每當我有一些想法時，我就迫不及待地講給養父聽，我的養父也很有耐心地經常陪我遊走並聆聽我的想法。

當時我所提的建議很多都是空談無法在現實中實現，但我的養父還是給了我適當的鼓勵，也很感動我能為這群毫不熟識的海盜們操心。

我知道我的養父對我相當的疼愛有加，一些對我責罵的話語他不會掛在嘴邊，這項原因也讓我更有動力的一直去鑽研其他的解決辦法。

皇天不負苦心人，在某一天的早晨我在東海鎮的海岸邊遇見了一位正在海岸邊拾荒的老人。這位拾荒老人問我為何單獨一人在海岸邊等待，我告訴這位拾荒老人說我在等養父的船隻來接我。

在與拾荒老人聊天的過程中我談到了養父的困境，拾荒老人了解整個情況後就告訴我說只要有回來東海鎮就去鎮外的郊區找他，他會想好解決辦法來幫助我的養父。

從那一次起只要養父送我回東海鎮我就直奔郊區去找拾荒老人，經過多次的討論與模擬後，拾荒老人終於擬出了一套能徹底解決養父財務困境的方案。」伴隨著聲音出現在牢房樓梯口的是一位身材曼妙的女性。

蛇姬除了擁有曼妙身材之外，更有著一張令人羨慕的妖豔臉龐，在一頭烏黑秀髮下，冷酷雙眼中帶著一點點的哀愁，微淡紫色的雙唇更是添加了幾分冷豔感。

穿著一身水藍色的短衣與短褲，褲腰間繫著一條白紗布垂放在雙腳後方，光著赤腳露出手肘與腿部的嫩白肌膚，感覺絲毫不畏懼海蛇島上的寒冷氣候。

肯亞心想蛇姬的容顏是自己有生以來所見過最美麗的，蛇姬身上還會散發一種說不上來是何種感覺的獨特魅力，這種獨特的魅力也深深的扣住了自己的目光。

肯亞同時也發現到蛇姬的容顏與海蛇號船頭的那尊海蛇女銀雕一模一樣，想必船頭那尊半身銀像就是以蛇姬的容貌去打造的。

「到底是什麼改變方案能告訴我嗎？」克雷夫還是忍不住好奇心。

肯亞內心對克雷夫不會看場合發問的症狀感到無力，但心裡也很好奇到底是用什麼種方法來改善當時海盜們的困境。

「什麼方案你們不需要知道。」蛇姬張開手掌露出放置在手掌心的水滴項鍊說：「說！你們怎會有這件物品。」

「請問妳一下，大約十幾年前妳的奶奶是否在東海鎮上的市集內賣魚？經常陪著老奶奶一起去市集賣魚貨的小女孩是不是妳？」克雷夫認出這雙哀愁眼神與淡紫雙唇，覺得蛇姬就是自己約十幾年前在東海鎮所見到的小女孩。

蛇姬用銳利的眼神看了一下克雷夫，確定自己應該跟克雷夫是毫不相識的人。但內心卻不明白為何克雷夫會知道奶奶以前靠賣魚賺錢，於是緩緩開口說道：「你是東海鎮人？」

克雷夫對著蛇姬搖搖頭說：「我不是東海鎮人，我是為了談生意才會來到東海鎮的。當時東海市集的名氣揚名四海，尤其當地特產新鮮魚貨更是東海市集的最大特色。由於我老婆跟女兒都喜歡吃魚，於是我生意談妥後便跑到東海市集內，看看有沒有比較新鮮的魚貨可買回去給老婆與女兒吃。

東海市集果真非常熱鬧，人潮擁擠，四周還不停響起攤販的叫賣聲。各品種的鮮魚也是相當眾多，當時真的看得眼花撩亂不知該從哪下手購買。

在市集內行走了一段時間，但雙手依舊空空沒有半條鮮魚，不是因為沒有看上眼的鮮魚，而是我找不到女兒與妻子平常喜歡吃的魚種。

當時心裡正盤算要打道回府時，我看見了一位年長婦人默默的坐在自己的魚攤前不發一語。

這位婦人沉默到讓我感覺很奇怪，我所經過的每一個攤販幾乎都是大呼小叫的在叫賣，唯有這位年長婦人安靜的坐在攤位後方。

我好奇地走到這位年長婦人的攤位前，這位年長女性看見我站立在攤位前不動後才抬起頭來對我點頭表示歡迎。

我也對著婦人點點頭後開始左右掃視看著攤位上所擺放的鮮魚，然而這位年長婦人並沒有像其他攤販一樣會向客人介紹自己所賣的魚貨，反而是靜靜的坐在原地等待著。

我看這位婦人臉帶憂愁，再看到整個攤子上滿滿的鮮魚後，我心中猜想應該是這位婦人在憂愁自己的鮮魚都沒賣出去吧！

我當時心生憐憫，一口氣把婦女所有的鮮魚都給買了下來，我心裡想我這樣做應該就能掃除掉婦女的憂傷了吧！我也相當肯定自己的這個舉動應該能讓婦女的開心笑容出現在我眼前，因為一般人要是聽到有人要把自己所賣的鮮魚全買下的時候，應該都是開心笑到嘴巴都合不攏了吧！

但是我錯了，這位婦女聽到我說要把攤子上的鮮魚全買了後，臉上表情竟然還是面無笑容的在幫我打包鮮魚。我當時相當的不能理解，難道是我自己會錯意，這位婦女並不是在憂愁攤子上的生意。

我決定問個明白，就在我要開口詢問的時候，一位約十到十二歲的短髮小女孩跑來到了婦人的身邊。

婦人張開手臂抱著小女孩，但雙眼卻是在看向小女孩身後，我看見婦人的眼神相當凶狠，彷彿在瞪著仇人一樣。我好奇的朝著婦人所望的方向看去，看見了五名年紀都跟小女孩差不多的小男孩，這五名小男孩發現婦女在瞪著他們時，就趕緊互推倉皇逃逸。

婦女深情看著小女孩並對小女孩說沒事了，但小女孩的臉上充滿了憤怒，緊閉著她那淡淡的紫色雙唇不願說話，我很明顯的猜想到小女孩應該是被剛才那五位小男孩給欺負了。

婦女拿出一條項鍊套在小女孩的頸上，我也是在當時才發現到竟然有水滴形狀的藍色寶石，於是詢問婦女此顆寶石從哪購買，因為我也想買一顆來弄成項鍊送給我老婆。

但婦女只對我微微笑卻不肯說是在哪購買的，接著繼續幫我打包好鮮魚就忙著收拾攤子不再理會我了，我也只好摸摸鼻子帶著一大包的鮮魚離開了市集。

蛇姬將水滴項鍊戴上說：「你知道這位婦人現在身在何處嗎？」

「不知道。」

「哈姆爺爺！把他們倆個都拖出去斬了！」

「蛇姬頭目等等！如果妳想得知奶奶在哪裡的話，我倒是知道有一位奇人能夠幫助妳。」

「奇人？」

「這位奇人無所不知，特別是在尋人方面，可說是到達到不可思議的境界。」

「任何人都能找得到？」

「沒錯！只要還活著，任何人都能找得到。」

蛇姬沉默了一下，此時躲在牆角邊的哈姆對著蛇姬說：「小娃兒，順便問問這位奇人看看妳的母親還活著嗎？」

「閉嘴！」蛇姬瞪了一下哈姆，隨後閉上眼睛沉默一會兒後對著克雷夫說：「明天帶我去找你所說的這位奇人，但如果這位奇人並沒有你說得如此神奇的話，我相信你自己應該知道會有什麼嚴重的後果。」蛇姬說完後便立即轉身離開了牢房。

克雷夫看見蛇姬離開牢房後便問躲在牆角邊的哈姆說：「老爺爺，到底是什麼方案啊？還有蛇姬不知道她的母親是生是死嗎？」

哈姆緩緩的走離牆角說：「當時在海岸邊聽到了小娃兒對老首領說不能再將搶奪漁船來當作是主要的金錢來源。」

「海盜不搶奪那要靠什麼來賺金錢。」肯亞插嘴說。

哈姆轉頭面對肯亞說：「一般人都會這樣想包含我自己當時也是如此想法，要大夥兒都不去搶奪那不就是要大夥兒等著活活餓死嗎？但後來我躲在石塊旁邊靜靜聽著小娃兒的解釋後，我內心的疑慮漸漸的得到解答。

原來小娃兒用的是一種「互利戰術」，方法是讓出一條安全航線來讓漁船與做生意的商船來行走，然後在從中收取維護航道的維護費。

小娃兒先將消息放出去說只要船隻在這條安全航線內就絕不會被海盜船襲擊搶奪，因為這條航線有強力人士在維護著，只要繳一些維護費用給強力人士，就能夠享有這條安全航線的使用權。

消息放出去以後大夥兒便只能搶奪安全航線以外的船隻，要是有其他海盜船敢行駛去安全航線進行搶奪的話，那老首領便會帶著大夥兒去把他們的船隻給擊沉或是打退。也因為如此後來越來越多船隻加入繳交維護費的行列，使得老首領慢慢變成維護安全航線的老大頭目。

沒想到小娃兒的方案真的改變了當時的財務困境，小娃兒的辛苦付出也獲得大夥兒肯定，最後大夥兒漸漸的接受小娃兒也是這個大家庭的成員之一。」

克雷夫點點頭說：「原來安全航線是蛇姬想出來的。」

「蛇姬不知道自己母親是生是死嗎？」肯亞問著哈姆。

哈姆搖頭感慨的說：「老首領曾經提醒過我們大夥兒少在小娃兒面前談論她的

父母親，小娃兒是由奶奶扶養長大，從小就不曾見過自己的母親，至於小娃兒的父親聽老首領當時說好像是因為家庭經濟而離開家庭的吧！總之是一位不負責任的父親。」

自從小娃兒加入海盜團隊後，老首領與大夥兒就一直在幫助小娃兒尋找她的母親。但由於小娃兒從沒見過母親，自己的親生父親又不知去向，一手將小娃兒帶大的老奶奶又忽然不知道何種原因拋下了小娃兒離開了東海鎮，種種因素都讓小娃兒的尋親之路到現在還是毫無進展。」哈姆說完後就對著克雷夫問道：「你說的那位奇人住在哪裡啊？希望別離島嶼基地太遠啊！我這身老骨頭已經經不起長途跋涉了。」

克雷夫聽完回答道：「離海盜基地有點遠喔，因為那位奇人居住的場所在南境領地境內。」

「南境！」哈姆一臉驚嚇的表情。

「是啊，怎麼了嗎？太遠您就別跟去不就好了。」克雷夫搞不懂哈姆為何一臉驚訝表情。

「不是因為距離，是因為他們是從南境逃命而來東境，現在又叫他們回去南境豈不是自投羅網。」肯亞看著克雷夫說。

克雷夫恍然大悟說：「對喔！忘記他們得罪過南境郡主。」

「這可不行去，我得趕快去告訴小娃兒這件事。」哈姆邊說邊快步地離開了牢房。

「喂！喂！」克雷夫拉著牢門鐵桿喊著。「走這麼快，我有解決辦法要告訴他都來不及講。」克雷夫離開牢門坐在肯亞對面。

「難不成你真的想幫助這些海盜？可別忘了他們可是海盜。」肯亞提醒著克雷夫別太熱心幫助別人與相信別人。

「我看蛇姬跟哈姆老爺都不像是凶狠無情不講理的海盜，至於外頭傳聞海蛇號有多凶狠無情，我猜應該是跟蛇姬的欺瞞戰術有關，靠謠言來讓所有船隻行走安全航線。」克雷夫說出自己的見解。

「你繼續天真吧！」肯亞說完後讓自己躺著。

「原來蛇姬的身世這麼淒涼，父親與母親以及扶養她長大的老奶奶都離開了自己身邊，少了親情的陪伴想必內心一定感到相當的孤單。」克雷夫能體會到家人都不在身邊的感受。

「放心吧，明天我就會結束掉這段淒涼身世。」肯亞閉上眼睛說著。

第六章　海蛇傳說

風和日麗，但海蛇島上依舊吹著強勁的海風。強勁海風在海面上颳起了一陣陣巨大海浪，並靠著那無比的推力將巨大海浪給快速地推向海岸邊。海岸邊正在覓食的二條野狗來不及察覺巨大海浪來襲，就這樣被狠狠撲來的巨浪給吞食並消失在海岸的堤防邊。

在海岸堤防的另一邊哈姆正帶著肯亞與克雷夫前往基地碼頭，途中克雷夫不停地在與肯亞小聲交談。

「你確定要殺了蛇姬？」克雷夫小聲地問著身旁一起行走的肯亞。

肯亞回答說：「我可是賞金獵手，她可是我的賞金。」

「可是我答應了蛇姬要帶她去找南境奇人，而且剛剛哈姆爺爺也說了蛇姬願意幫我修復商船以及放了商船上的船員，我若是不做一些事情回報蛇姬的話，那我內心真的會很過意不去的。」克雷夫說。

肯亞看著克雷夫說：「老哈姆去跟蛇姬說別去南境，而你卻在老哈姆回牢房後叫他再去跟蛇姬談。說你願意用你的商船載蛇姬前往南境領地，商船上的船員可以替代那些不敢前去南境的海盜。你相不相信，蛇姬現在幫你修復商船只是為了交通工具，不殺了這些船員也是因為船隻上必須要有一些人員來操作運行，等蛇姬的目的完成後，你想她還會像現在一樣如此善待你嗎？」

「老實說我是有點相信蛇姬，因為我跟她都沒有親人在身邊陪伴，而這種失去親情呵護的冷寂感覺我在蛇姬身上也感受得到。我總覺得蛇姬的眼神不是裝出來的，再說蛇姬也沒必要對我們說謊作戲，因為蛇姬已經知道奇人在南境領地內，她大可現在就殺了我們然後自己再去南境領地上尋找，沒必要再花費這麼大的功夫在我們身上。」克雷夫語氣堅決的說著。

「我只相信先下手為強，後下手大家就等著遭殃。」肯亞表情不悅的說著。

「蛇姬隻身與我們出海，難道蛇姬不會擔心我們人手眾多去加害她單獨一人嗎？難道蛇姬不會懷疑我是為了活命才隨口編織有南境奇人的存在嗎？但是蛇姬卻是選擇信任我們，並願意單獨與我們一同前往南境領地，由此證明蛇姬內心也是需要卸下防備心才能做得到這樣。我懇求你可以先讓我帶蛇姬去找奇人嗎？找完奇人後我的報答也算完成，到時候你想賺取賞金你再動手，我到那時絕對不會出手阻擾你。」克雷夫語氣誠懇的說著。

肯亞看著克雷夫一臉誠懇的表情，心裡覺得克雷夫說的也有道理，於是眼神飄移抿嘴說：「隨便你！到時候要是出了什麼事我可不理你。」

「謝謝你的諒解！」克雷夫開心說著。

「兩個人一路上說個不停，小娃兒已經在等著你們了。」哈姆放慢腳步指著前方說著。

肯亞看見蛇姬站立在基地碼頭望向克雷夫的商船，商船上則有許多打著赤膊的海盜正在敲敲打打進行修復工程。

「來了啊！那我們準備出發吧！」蛇姬看見哈姆帶著肯亞與克雷夫到來後說道。

「關於妳說會放了我船員一事……」克雷夫心裡擔心著船員們的安全，畢竟已經整整一天的時間都沒見到他們了。

「放心！」蛇姬打斷克雷夫的話。「我蛇姬一向說話算話。」蛇姬說完就對著哈姆點點頭，哈姆也對蛇姬點點頭後便轉身對後方招手，不一會兒在後方的倉庫門口出現了商船船員。克雷夫看見船員們安全的陸續走出倉庫，臉上表情也跟著漸漸露出歡喜。

「哈姆，幫他們鬆綁。」蛇姬說。

「嗯。」哈姆回應完後便將肯亞與克雷夫手腕上的繩索給解開。

「哈姆，把那些船員與這兩人都帶上去海蛇號。」蛇姬對著哈姆說。

「等等！不是說好要搭乘我的商船前去嗎？怎會是叫我們登上海蛇號。」克雷夫一聽到海蛇號就慌張的說著。

蛇姬轉身對著克雷夫說：「別擔心，我們一樣是搭乘商船去南境領地，我是先要把你的船員都送往東海鎮，我不要你帶著你這些船員一起前去南境領地。南境領地那裡據我所知並不是個安全的境地，沒必要讓他們與我們一起冒這個險。至於尋找奇人這方面就讓我們三個人去尋找就好，一方面人少也比較不容易引起不必要的騷動，我這個做法相信你應該也會認同吧！」

克雷夫聽完後喜悅的回答說：「好！我贊成你的做法就我們三個人去，我那些船員就讓他們先行回家跟家人團聚。」

「荒唐！三個人是要如何行駛那麼大的商船。」肯亞出聲打斷了他們的天真想法。

克雷夫一聽也頓悟的說：「對喔！我的商船單靠我們三個人是開不了的。」

「唯有去東海鎮找一些不怕死的人來幫忙，但無奈東海鎮偏偏又是一座人煙稀少的小鎮。」肯亞繼續打擊著蛇姬的想法。

「我們的工匠說商船修復需要三天時間，你們先在東海鎮待上三天，三天後我會開著商船前去東海鎮碼頭接你們上船。」蛇姬說完後轉頭面對哈姆說：「帶他們上海蛇號吧！」

哈姆點頭後便推著肯亞與克雷夫要他們別再說話趕緊去登船，克雷夫與肯亞也只能帶著疑惑往海蛇號走。在登船口處克雷夫一一的跟著他的船員擁抱歡慶重逢，而肯亞則是不時的回頭觀看著蛇姬，觀看她那冷豔又不容褻瀆的迷離姿態。

哈姆帶著肯亞一行人登上海蛇號後便叫海盜們開船前往東海鎮，航行中克雷夫忙著與他的船員溝通到達東海鎮以後的後續事項，而肯亞則是在哈姆的安排下在寢室內睡眠休息。

船隻載著肯亞一行人到達東海鎮碼頭後，哈姆要克雷夫先叫商船船員們去搭乘其他運輸船隻離開東海鎮，隨後哈姆帶著肯亞與克雷夫兩人來到東海鎮郊區內的一間小木屋內。

「你們兩個就在這間木屋裡等待三天，食物跟水都準備好了。這段期間你們要做的事就是等待小娃兒三天後來接你們，你們可別到處亂跑到時小娃兒會找不到你們。」哈姆說完後便離開了木屋。

「我安心了，我那些船員們都安全回家去了，但我還是想不透蛇姬要用什麼方法來行駛商船。肯亞，你有想通了嗎?你猜到蛇姬會用何種方法了嗎？」克雷夫將食物與水放置在桌面上說著。

肯亞丟下兩袋食物與水躺在木床上閉著眼睛說：「管她會用哪一種方法，反正三天後就能知道，何必在那花費腦力去思索這個問題，倒不如留些腦力讓自己休息一下。」

肯亞與克雷夫在小木屋待二天後決定去東海鎮內走動舒展一下筋骨，兩人來到了東海鎮內一間小店鋪吃午飯，吃完午飯後克雷夫說想去逛一下當地漁獲市集，肯亞對採購沒興趣，於是就與克雷夫暫時分開獨自一人在東海鎮上走著。

肯亞逛著逛著覺得鎮上的店家行鋪真的很少，四周很多木頭房屋都已經破破爛爛腐蝕嚴重，而街道上因為人潮稀少也顯得冷冷清清的，整個東海鎮真的讓人感覺有點像被荒棄的無人城鎮。

肯亞覺得這條街道已經沒有可逛之處，準備回程時看見前方出現了三位身著黑色束衣的男子。這三名男子不僅衣服顏色都一樣，就連頭上戴的斗笠與背後披的披風也都相同。

肯亞覺得這種荒涼小鎮竟然會出現如此打扮的人，外加這三名男子又都是同樣穿著，顯然這三名男子是有目的才會來到東海鎮。

肯亞故意讓路給這三名男子經過，等這三名男子經過肯亞身旁時，肯亞才注意到這三名男子身上都有攜帶刀類武器。

肯亞心裡決定要跟蹤這三名男子，因為肯亞覺得這三名黑衣男子應該跟自己一樣是賞金獵手，從打扮穿著與攜帶武器方面看起來就像是正在執行他們委託的任務，所以只要偷偷跟著他們就有熱鬧可以看。

肯亞偷偷的跟蹤三名黑衣男子來到了一間破木屋前，三名黑衣男子一到破木屋門口就開始互相交談。只見當中一名男子雙手一張拿出數把小飛刀，另外兩名男子則是很快速的分別往左右散開包圍著破木屋。

肯亞知道這三名黑衣男子是要圍攻待在破木屋內的不明人士，心想終於有熱鬧可以看了，於是趕緊跳上屋頂想找個好視野默默的在屋頂上觀看。

手指夾著數把小飛刀的黑衣男子上前一腳將破木屋的木門給踹開，隨後將手中所有的小飛刀瘋狂的往破木屋裡頭射。而在破木屋左右兩側的黑衣男子也在同一時刻用相當快的速度將手中的飛刀給投射進破木屋內。

肯亞在屋頂上覺得這間破木屋裡頭的空間不是很大，如果破木屋裡頭的人沒有心理準備，那破木屋內的不明人士將會很難躲過這等數量的飛刀，心中覺得剛剛那些飛刀應該會取下破木屋裡頭那名不明人士的小命。

肯亞覺得這三名黑衣人只要現在進去破木屋內把裡頭的屍首給取出來就能回去交差了，原本以為會有相當激烈的打鬥可以看，結果竟是這樣草草結束。

此時站立在中央的黑衣男子雙手往前一揮，在破木屋兩側的另外兩名黑衣男子看見手勢後便拔出腰際間的雙刀，隨後兩人同時飛身撞破了木頭窗戶跳進破木屋裡頭。

肯亞心想還有必要再破窗而入進行突襲了嗎？裡頭的人現在不死應該也只剩下半條命了，只要三個人一起走進去進行收尾工作就好了吧！

時間過了一會，肯亞感覺到相當奇怪，怎到現在那兩名黑衣人還未從破木屋內走出來，這兩人搜索的時間也未免花費太久了吧！

有此想法的不僅只有肯亞一人，站立在門口的黑衣男子也察覺到了情況不太對勁，於是雙手輕輕的將放置在腰際間的雙刀抽出，慢慢的一步一步往破木屋的門口處移動。

就在黑衣男子即將到達門口的時候，門內忽然竄出一隻體型龐大的紅色巨蟒，黑衣男子當下反應不及，整個身軀直接被紅色巨蟒給緊緊的纏繞住。

肯亞看到紅色巨蟒出現後感到相當驚訝，這條曾在商船麻痺過自己的紅色巨蟒不是蛇姬所飼養的嗎？難道在破木屋裡頭的人會是蛇姬。

「啊！」黑衣男子的身體因為被紅色巨蟒越捆越緊而發出疼痛的哀號聲，此時蛇姬從木門口緩緩的走出說：「說！是誰雇用你們來的！」。

「破木屋內的人果真是蛇姬。」肯亞心想蛇姬怎會提早一天來到東海鎮上，又為何原因會來到眼前這間破木屋。

「殺了我吧！獵手是不會洩漏委託人的姓名的！」黑衣男子雖然表情痛苦，但說話的語氣還是存在著一種視死如歸的豪情。

肯亞對黑衣人的話語感同身受，因為自己也是一位賞金獵手，深知獵手無論在何種情況下都不能透露出委託人的姓名，哪怕是在生死關頭也還是要堅持原則。

「你就帶著你的固執下地獄去吧！」蛇姬甩一下白色披風向前離開，背後紅色巨蟒瞬間增強纏繞的力道。黑衣男子的骨頭被擠壓到發出咯咯聲響，整個身軀迅速的扭曲變形，最後紅色巨蟒鬆開了黑衣男子的身體，黑衣男子整個人就像是軟膠一樣軟趴趴地向地面倒下。

「看完了吧，小心屋頂很滑。」蛇姬抬頭看著肯亞。

肯亞知道自己被發現，於是跳下屋頂問蛇姬說：「妳是如何躲過那三名獵手射進屋內的飛刀？」

「我身邊這隻小蛇除了有無比蠻力之外，牠還具有刀槍不入的鋼鐵皮膚。剛才多虧了小蛇用身軀將我包覆，才能夠靠著小蛇的堅硬外皮來抵擋掉全部的飛刀。」蛇姬撫摸著紅色巨蟒說著。

「你這條蟒蛇叫小蛇？牠可是比任何一種蟒蛇都還要大隻啊！」肯亞手指著紅

色巨蟒激動反駁著。

「哈哈，你的反應真好笑。」蛇姬笑出聲道。

此時肯亞發覺蛇姬笑起來更美，於是開口跟蛇姬說：「妳笑起來真的很漂亮，妳以後要多多保持笑容，不要一直板著一張嚴肅的臉。」

蛇姬聽完肯亞的話後就收起了笑容，轉身拍拍紅色巨蟒的身軀，紅色巨蟒受到拍打後立即往前緩緩行進，而蛇姬則是慢步的行走在紅色巨蟒的後方。

「妳不是明天才會來東海鎮與我們會合?妳為何會提前一天來到鎮上的這間破木屋?」肯亞跟在蛇姬後頭問著。

「我在這間破木屋裡頭出生長大的。」蛇姬回答著。

肯亞心想原來這間破木屋曾經是蛇姬的家，蛇姬應該是因為明天就要離開東境領地不知何時才會再回來東海鎮，於是在出發前先來鎮上看看自己的老家。「剛才那三名獵手不知從何得知妳行蹤的，看來妳的仇家還真不少。」肯亞決定問看看蛇姬知不知道她自己已經被仇家們盯上，因為就連自己本身也是接受委託被派來暗殺蛇姬的獵手。

「不多，目前知道的只有四個，其中三個已經在剛剛消失了，所以還只剩下一個。」蛇姬頭也不回的背對著肯亞伸出了一根手指頭。

肯亞心想剩下的一個會不會是在指自己，但自己還沒有對蛇姬發動任何攻擊，自從與蛇姬照面過以來自己也都表現得很鎮定，相信自己應該沒露出任何破綻才對，除非是商人克雷夫有偷偷的警告過蛇姬。「剩下的那一個妳知道是誰嗎？」肯亞決定探一下蛇姬的口風。

「目前剩下的這一個仇家還沒有立即的危險性，所以不必急著透露出是哪一位仇家。等哪一天這位仇家急著想領賞金的時候，自然會顯露出貪婪的本性而露出馬腳，等到那時候你們不就能得知誰是那位仇家了嗎？」蛇姬依然是背對著肯亞說話。

肯亞猜想蛇姬應該已經知道自己是一名賞金獵手，但想不透的是這三名黑衣獵手到底是誰派來的，還能得知蛇姬幾時會離開海蛇島來到東海鎮上的老家，看來蛇姬身上充滿著許多謎團。

「你不是東境之人，你是哪裡的人？」蛇姬問著肯亞。

「北境。」

「我只去過北境一次，對北境的印象並不是很好。」

「為了何事而去？」

「為了奪回失去的東西才去的。」

「那東西有奪回來嗎？」

「失敗，但到最後東西還是回來到我身上。」

「水滴項鍊？」肯亞心中猜想蛇姬應該就是在邊境城內襲擊皇室護衛車隊的黑衣人，當時搶奪失敗的物品如今卻有人白白的送上門歸還。

蛇姬並沒有回應肯亞的話，原本行進緩慢的步伐卻在此時加快，讓在後方的肯亞也不得不跟著加快腳步。

二人安靜的行走了一段時間，肯亞發現已經走到了自己與克雷夫居住了二天的郊外木屋。

蛇姬在木屋門口撫摸紅色巨蟒後便獨自走進木屋，肯亞看見紅色巨蟒並沒有跟隨著蛇姬進入屋內，而是整個蛇身盤捲在地上擋住了木屋入口。

肯亞覺得蛇姬應該是不想讓自己也跟著進木屋，所以才讓紅色巨蟒擋在入口處不讓自己進入，到底蛇姬進入木屋內是要做什麼，也不知道商人克雷夫有沒有回來待在木屋內。

「你怎麼不進來屋內？放心，小蛇不會為難你。」蛇姬在木屋內喊著。

肯亞心想原來是自己會錯意，蛇姬並沒有不想讓自己進入屋內。但是看著門口這條紅色巨蟒雙腳就會感覺到痠軟無力。因為自己從來沒有看過體積如此龐大的蟒蛇，加上能控制這條龐大巨蟒的蛇姬又不在眼前，心中難免擔心害怕等等要是走近巨蟒身邊不知道這條龐大巨蟒會不會對自己發動攻擊。

肯亞待在原地還是不敢移動腳步上前，此時紅色巨蟒抬起蛇頭看著肯亞，隨後紅色巨蟒移動蛇身到了木屋後方停歇著。

肯亞認為紅色巨蟒應該是看穿了自己內心的恐懼，於是移動到木屋後方拉開點距離來讓恐懼心消失。

「沒想到這條巨蟒這麼有靈性。」肯亞小聲說完便快步的進入到木屋內。

肯亞進入木屋後看見蛇姬站立在木桌旁看望著四周，表情看似正在回憶過去往事一般。

「教導我『互利戰術』的拾荒老人就是居住在這間木屋，老人看我順利的達成心中願望後便不告而別的離去。每隔一段時間我就會回來木屋看看老人是否有回來過，但至今我還是沒有再見過老人一面。」蛇姬說完後就緩緩坐在木椅上。

肯亞也拉一張木椅坐在蛇姬對面一臉嚴肅的說：「我是一名賞金獵手。」

「我知道。」

「我被委託派來取妳的人頭。」

「我知道。」

「既然知道為何還肯讓我離妳這麼近？」

「因為母親。」

「母親？」

「如果你們能幫我找到我的母親，我這顆項上人頭就是你的。」

「所以妳寧願冒著生命危險也要打探出母親的下落？妳別忘了妳的母親可是從小就離妳而去。」

「奶奶曾經告訴我，想得知一切原因就只有問我母親才會知道事情的真相。」

「父親呢？」

「奶奶叫我千萬別試圖去尋找父親，甚至於就算知道父親身處何方也絕不能去與父親相認。」

「為何？」

「我也這樣問過奶奶但是沒用，奶奶依舊不肯對我透露出她所得知的任何內容。」

「奶奶可曾對妳形容過妳的母親長相或是說過母親身世？」

此時蛇姬從木椅上站立起來，雙手將脖頸上的水滴項鍊給取下放置在木桌上說：「奶奶只說這顆水滴形狀的寶石是母親留給我的唯一物品，奶奶交代這顆水滴寶石絕不能隨意丟棄或是遺失，更不可將這顆水滴寶石隨意的曝露出來。」

但後來奶奶卻不知道為何離開了我，臨走前只留下一張奶奶親手寫的紙條。紙條上寫的是叫我千萬別去尋找父親的下落，也叫我從此以後忘記有她這麼一位奶奶。奶奶的行為與用意讓我相當不解，奶奶是一個和藹可親又相當疼愛我的人，絕不可能狠心無故的拋棄我，到底是何種原因讓奶奶變成這樣，我到現在也還是查不出一絲線索。

奶奶離開我以後我每天都靠著乞討與偷竊食物來過活，一直到我在東海碼頭前聽見一位從西境領地遠航而來的老水手在向其他的年輕水手訴說一個傳說。」

肯亞看著水滴項鍊說：「是什麼傳說？」

「海蛇傳說。」蛇姬冷冷的說。

「海蛇傳說！」肯亞用驚訝的語氣重複了蛇姬的話。

蛇姬緩緩坐回木椅說：「那名老水手說深海之中有一種古老且神祕的生物，據說這種古老生物有著跟人類一樣的容貌與身軀。這種古老生物能在水中呼吸與行動，還能隨意幻化成半人半蛇的模樣。也由於這種居住在深海之中的古老生物有時會呈現出蛇的模樣，所以後來人們把這種古老的海中生物稱為「海蛇」。

在場的年輕水手們都認為傳說不可信，但老水手卻得意的對許多年輕水手說自己不僅親眼看見過海蛇，甚至自己還曾被這種傳說中的海蛇給救了一命。」

「海蛇能變化成人的模樣……」肯亞皺著眉頭在幻想著。蛇姬不理會肯亞的話繼續說道。

當時那些年輕水手們紛紛要求老水手描述一下事件過程，而老水手也欣然的答應將他這段人生中最不可思議的經歷給分享出來。

老水手翹著腿拿起菸斗含在嘴裡說當時他跟大家一樣是一位年輕力壯的水手，會選擇去當一名水手是為了哪一天能夠遠航出海去看看外頭的美妙世界。

某一天老水手的船長召集大家並宣布說接到一宗大生意，但這筆大生意的完成地點是在東境領地。船長說由於考慮到此次航程遙遠，如果不想去的人可以選擇留下，船長會在另外安排一艘貨船讓這些人依然能夠照常工作。

老水手一聽馬上就報名參加了這次的遠航行程，而船隻也在隔天清晨就出發離開了西境港口。船隻沿途停靠了許多個大小城鎮來進行日常用品與糧食的補給，這也讓喜歡觀看異國風景的老水手大飽了眼福。

船隻大概航行了約一個半月的時間才進入到了東海海域，船隻進入到東海海域後船長就跟大家說大約在五個時辰後就能抵達目的地東海鎮，到時候船長會舉辦一場慶功宴來慰勞大家這一個半月來的辛勞。

水手們都聽見了船長的話後都相當開心，當時大家都歡呼成一團氣氛相當的好，一直到船長發現到一座無人島嶼後才開始變了調。

船長當時在任何一張海域地圖上都找不到有這一座島嶼的座標記載，船長內心裡相當擔心是不是迷失了航向，如果在不熟悉的海域上迷失方位的話，那將會是一件非常令人擔憂的事情。

船長緊急的召集了所有水手，並在船隻甲板上向水手們告知了目前狀況。船長期望在甲板上站立的這一群水手當中，能有一位可以帶領船隻走出迷航困境的智者出現。

聽了船長的話語後大家的心都慌了，由於大家都是從西境領地而來，都跟船長一樣是第一次踏進這片陌生海域，如今就連最值得依賴的船長都束手無策，那可真的算是面臨到莫大的危機。

但真正的危機並不是航行迷失了方向，而是大家在甲板上互相討論後都還是一籌莫展時，一名少年水手忽然大喊說在前方海面上出現了好幾個漩渦。

大家一聽趕緊跟著船長跑到甲板前端往少年水年比的方向觀望，果然看見前方不遠處的海面有好幾個大小不一的漩渦。

船長一看馬上就回頭下令叫掌舵的水手趕緊把船隻掉頭，但就在船隻即將掉頭的同時，這幾個漩渦竟然快速的移動到船隻周圍把整艘船給團團圍住。

大家看到這種景象都大吃一驚，打從出生到現在都沒聽過或是看過會移動的漩渦來包圍住船隻的情形。

船長吩咐大家趕緊抓住在船隻上任何牢固的物品，因為船長覺得船隻一定會被這些怪異的漩渦給衝擊。

大家覺得目前能做的也只能聽從船長的指示，於是大家都慌張的趕緊集中在船隻中央的大木柱旁。

時間過了一會，大家並沒有感受到船隻有任何的晃動。此時船長拿了一條麻繩往自己的身上捆，綑緊以後就把麻繩的另一頭丟給大家，隨後對著大家點頭示意自己想要走到船邊看看那些怪異的漩渦還存不存在。

大家得知船長想去查探那些怪異漩渦的狀況，於是大家趕緊合力把麻繩給牢牢的捆綁在大木柱上。

船長看見麻繩被大家給綁牢後便開始慢慢的往船邊方向移動，兩隻手臂緊緊抓著腰間上的麻繩，深怕在移動期間剛好這些怪異漩渦衝擊船隻而讓自己重心不穩而摔出船外。

船長走到船邊看見原本環繞在船隻周圍的那些怪異漩渦已經消失不見，於是趕緊回頭對著大家揮手示意目前情況安全。

大家看見船長的手勢後心裡都鬆了一口氣，但大家對於漩渦會移動這種奇異現象仍然是感到相當疑惑。

船長心想此地不宜久留，趕緊大喊下令船隻馬上全速脫離這片海域。但就在船長下達完命令之後，忽然在船邊周圍噴出了好幾條大水柱。

大家都被這幾條大水柱給驚嚇到，唯有船長鎮定的回頭看見這幾條大水柱從海面上一直不斷的向上湧出，並數著四周圍共有八條大水柱，然而這八條大水柱正在慢慢的彎曲並且包圍著船隻。

「何方妖魔現身吧！」船長對著面前的大水柱吶喊，因為船長覺得水柱現象並不是大自然所造成的，而一定是有不明生物在操控這些大水柱。

船長大喊一聲後，在背後周圍的七條大水柱忽然停止彎曲，但在船長面前的這條水柱外觀卻漸漸變成蟒蛇頭的外貌。

大家被這種景象給嚇到張大了嘴愣在原地，這些大水柱竟然會變化成蟒蛇的模樣，但這絕不是大家一般在陸地上所見過的蟒蛇，因為這是用海水所凝聚形成的蟒蛇樣貌。

船長也被這顆用海水做成的蟒蛇頭給驚嚇到後退了二步，慌張的趕緊拔出繫在大腿上的短劍對著眼前這顆蟒蛇頭。

大家查覺到其他七條大水柱也都陸陸續續的變化成蛇頭形狀，於是也都趕緊的拿出身上佩帶的防身武器來準備對抗這八隻水蟒蛇。

八條水蟒蛇頭看見大家拿出攻擊武器後都同時向後退縮了一段距離，大家看見這種情形後都認為這八條水蟒蛇似乎懼怕著這些攻擊性武器，於是大家一起慢慢移動著腳步往船邊靠近想靠著手中武器來嚇走這八條怪物水蟒。

就在大家都往船邊移動的同時，船長發現眼前的這條水蟒蛇的體內出現了一條人影，而這道身影正在順著水蟒蛇的身軀慢慢上升到達水蟒蛇的蛇頭上，人影穿透了蟒蛇頭部後在從蟒蛇頭上迅速的一躍而下跳到船隻甲板上。

船長驚訝看見跳到船上的人影竟然幻化成一位短髮女人，而這位短髮女人全身赤裸並沒穿任何衣物，直挺挺地站立在眾人面前毫不羞澀。

大家都將目光集中在這位赤裸女子身上，而女子則是用著一種新奇的眼神在掃視著周遭眾人與甲板上的物品，似乎是對眼前的人事物都感到相當的好奇。

船長發現短髮女子的容貌相當豔麗，身姿體態也都堪稱完美均匀，簡直是無法用言語或文字來形容的美麗。但一想到這位美豔女子是從水蟒蛇體內出現的，心中的稱讚就立即消失，雙手緊握著短劍準備呼喊大家一起來刺殺眼前這位妖女。

但船長當時並沒有喊出口，因為船長發現大家紛紛都把手中武器給一一的丟在地上，而且每個人的眼神都呈現出愛慕狀態看著短髮女子，大家就像是被短髮女子身子所散發出來的迷人特質給迷惑住了。

短髮女子張開雙臂示意要給大家一個擁抱，而大家就像是正在發情的公狗看見了母狗一樣瘋狂的一擁而上想盡快的擁抱到短髮女子。

船長察覺到事態嚴重，這位短髮女子竟然能讓大家都陷入瘋狂狀態，於是趕緊趁著短髮女子背對著自己的時候，提高著手中短劍快速的往短髮女子的背部刺去。

短髮女子因為疼痛而發出相當尖銳的叫聲，船長感覺到自己都快被這尖銳的叫聲給震破了耳膜，同時大家也因為這尖叫聲清醒了過來。

船長大聲叫大家趕緊撿起地面上的武器一起來圍攻受傷的短髮女子，然而短髮女子卻是停止了尖叫回頭狠狠的瞪著船長，那凶狠的眼神像是在訴說船長犯下了不可原諒的錯誤。

船長心知短髮女子可能會優先攻擊自己，於是趕緊拿起放置在木桶上的鐵魚叉來防衛自己。

短髮女子看見船長拿起鐵魚叉對著自己的時候，臉上表情變得更加憤怒。此時一條水蟒蛇迅速的將蛇頭移動到短髮女子身旁，接著短髮女子輕輕一躍跳到了水蟒蛇的頭頂上。

船長心想絕不能讓水蟒蛇將短髮女子給救走，因為船長心裡相信只要殺掉短髮女子，這八條用海水形成的水蟒蛇自然就會消散掉。

船長不想讓這唯一能讓大家脫離險境的機會溜走，於是舉起手中鐵魚叉瞄準了站在水蟒蛇頭頂上的短髮女子。

就當船長準備將手中鐵魚叉投射出去的同時，船隻忽然遭到另一條水蟒蛇的猛力撞擊。船隻受到水蟒蛇的撞擊力道後開始產生劇烈搖晃，甲板上所有人也因為船隻在劇烈搖晃而摔得人仰馬翻。

船長也在船隻搖晃的同時失去了重心而摔倒在地，但船長卻馬上從甲板上爬起並且快速的撿起掉落在身邊的鐵魚叉，準備再度瞄準短髮女子。

短髮女子看見船長的舉動後便立即對著船長發出尖銳的叫聲，船長受不了尖叫聲的音量，逼不得已只能放掉手中鐵魚叉，趕緊用手掌貼住耳朵來降低一些音量的衝擊。

短髮女子叫聲一結束後，船長抬頭驚見其他七條水蟒蛇已經都聚集在短髮女子所站立的這條水蟒蛇身邊，隨後看見短髮女子手臂向前一揮，七條水蟒蛇頭竟都同時朝向自己衝撞而來。

七條水蟒蛇頭狠狠的在同一時間點衝撞船隻，船隻整體結構承受不了如此巨大的衝擊力道，整艘船隻就這樣被這七條水蟒蛇頭給硬生生的切成了兩半。

船隻被切成兩截後便快速地往下沉，而大家幾乎都在船隻尚未被海水吞沒時就趕緊跳海逃生。但當時的海水相當冰冷，再加上當時海面上的風浪並不平靜，結果讓很多水手夥伴都在船隻沉沒不久後，就被冰冷海水給凍死在海面上。

老水手也跟大家一同落海，但老水手卻在落海的同時被船帆上的繩索給纏住了雙腳並且隨著船隻快速的往下沉。

老水手在水中努力的想掙脫纏在雙腳上的繩索，但船隻下沉的拉力實在太大，讓老水手漸漸的到達了憋氣的極限。

就在老水手想放棄掙扎準備等死的時候，短髮女子忽然出現在老水手面前。老水手看見短髮女子後心中更是恐慌，心想怎一堆倒楣事同時找上自己。但老水手又仔細的想一想，好像自己目前的情況已經跟死沒什麼差別，於是老水手也不想這麼多的閉上雙眼任憑短髮女子處置。

老水手閉上眼睛後覺得自己已經到達憋氣極限，從口中吐出體內所儲存的最後一口氣後，老水手就感覺到體內空間漸漸的被大量的海水給填滿。

就在老水手覺得自己的氣息快斷盡的時候，忽然感覺到有軟質物體在碰觸自己的嘴唇，於是趕緊睜開雙眼一看卻看見竟是短髮女子正在用她的嘴唇在親吻著自己。

老水手驚嚇到想要推開短髮女子，但忽然感覺到短髮女子的嘴唇內不斷的有新鮮空氣在往自己的嘴巴內送，身體也感覺到不停的有暖氣在流竄，心想難不成短髮女子是想救自己。老水手在思考的同時也感受到腦海內有股聲音在衝撞，於是收起情緒靜下心思專心的想來聽清楚這股聲音。

老水手閉上雙眼凝聚心神漸漸的聆聽出這股聲音是由短髮女子所發出，短髮女子訴說自己並不想傷害任何人，短髮女子曾經看過人類用互相擁抱的方式表示歡迎與友善，但短髮女子自己在用這種方式來表達友善的時候，卻遭遇到像是對待敵人般的無情圍殺。

老水手也慢慢得知原來短髮女子是第一次露面與人類接觸，短髮女子以前都只敢偷偷的在大海之中觀看著人類。短髮女子經過長期間的觀察發現人類是一種相當有趣的生物，擁有相當豐富的情感與言語，以及動作。

短髮女子慢慢的從觀察人類轉而到模仿人類，學習著人類的肢體動作以及情緒表情，漸漸的讓短髮女子越來越喜愛上了人類。

一直到今天短髮女子終於鼓起勇氣想對人類表達善意，但不知會演變成現在這種局面。

短髮女子對自己所做出的行為感到很自責，以為自己已經準備好可以面對人類了，但最終證明自己目前還是無法將情緒給控制好。

短髮女子說自己在船隻沉沒後就開始尋找有沒有生還者，但是都徒勞無功一直到碰見被繩索纏住的老水手。

老水手忽然感覺到腦海中的聲音停止了，雙腳上的繩索好像被短髮女子給切斷了，身體則是感覺不停的在往上一直浮升。

老水手心知短髮女子想讓自己脫離險境，過不了多少時間等自己被救到海面上後短髮女子一定會馬上離去，於是心想再多看一眼短髮女子的美麗容貌。

但就在老水手想睜開雙眼的同時，老水手忽然感覺到自己的身體又開始往下沉，於是趕緊打開眼皮一看卻發現短髮女子已經消失不見，失去氧氣的供給讓老水手趕緊揮動雙手雙腳往海面上游。

老水手當時抓著一塊木板在海面上漂浮了幾個時辰才被路過的漁船給救起並帶往東海鎮，從那天起老水手就定居在東海鎮一直到現在。」

「妳認為老水手口中說的那位短髮女子就是妳的母親？所以妳從那一天起就開始不顧自身安危經常划著小木舟出海到海蛇島附近去尋找這位短髮女子。」肯亞問著蛇姬。

蛇姬指著桌面上的水滴項鍊說：「自從我開始配帶著這條項鍊後，我就覺得身體與大腦都有些細微的變化。我變得漸漸能聽得懂蛇類語言，以及能操控蛇類，甚至於我還能在水中自由的呼吸，這些變化就與人們口中所傳聞的大致相同。」

肯亞摸著水滴項鍊問說：「是什麼傳聞？」

「傳聞說海蛇是所有蛇類中最高貴的蛇種，海蛇能與其他不同品種的蛇類交談並且能指揮其他不同品種的蛇類，等於算是所有蛇類當中最有權威與尊榮的貴族品種。」

「操控蛇類是我從未見過的情形，所以妳懷疑自己就是貴族海蛇？」

「老奶奶一直不肯對我透露任何有關我身世的情報，這種舉動就更讓我懷疑是不是老奶奶不想讓我得知我跟別人不一樣。」

「是有這種可能性，但我認為可能性不大，因為最後妳還是會感受到身體變化而得知自己與眾不同，我相信老奶奶應該是另有隱情。」

「如果不是這個原因，那我猜一定就是與我的父親有關。但是我目前對我父親的任何事物都不清楚。」

「所以妳想得知所有的真相與原因，才會放過我們並願意讓克雷夫帶妳去詢問那位南境奇人？」

「沒錯！我想知道自己的身世，也想知道為何老奶奶跟父親，以及母親這三位至親都選擇拋棄了我。我並不恨他們，我只是想在我還活著的時候能看見他們，不然要是哪天我被仇家獵殺了也不會瞑目的。」

「經常會有賞金獵手來獵殺妳？」

「你算是第一個最靠近我的獵手。」

肯亞起身拿起桌面上的水滴項鍊遞給蛇姬並說：「我先幫妳尋找到妳想要得知的答案後再來獵殺妳。」

「真有趣，是不是每一位賞金獵手都跟你一樣講話這麼直接。」蛇姬接下水滴項鍊後說著。

肯亞看著蛇姬是如此的美豔，但也沒想到如此美麗的女人背後卻有著被親人拋棄的坎坷身世。肯亞對蛇姬內心的失落情境感同身受，因為自己也是屬於無父無母的人，能明白獨自一人在面對殘酷世界時的艱辛與無助感。於是想開口說些話語來安慰蛇姬的心靈。

就當肯亞想開口說話的時候，克雷夫忽然打開木門並手提著兩個大麻布袋大聲的說：「肯亞！這是東海鎮內最有名的紅魚，今晚有紅魚湯可以喝了！」

肯亞心想這克雷夫來的真不是時候，於是滿臉無奈的說：「先吃飯吧，吃完我要去睡覺休息了。」

第七章　王族血統

隔日清晨，肯亞與克雷夫跟隨著蛇姬來到了東海鎮港口。克雷夫看見自己的商船被海盜們修理得更加完好而感到相當開心，微笑的趕緊向海盜們一一握手致謝來表達自己內心的萬分感激。

肯亞趁著蛇姬在對海盜們交代事情的空檔先行登上商船查看，因為蛇姬說過不讓手下的海盜們與克雷夫的船員們來幫忙行駛商船。但如此大的商船要如何單靠三個人來航行，肯亞非常想知道蛇姬到底是用何種方式能讓商船不用其他人力就能航行。

肯亞登上商船後就一路直奔下層划槳室，隨後打開船艙門一看後才得知蛇姬所使用的方法。

整個划槳室被幾十條的蟒蛇給佔據，所有用來划水的木槳都被蟒蛇的身軀給纏繞著，並且這幾十幾條蟒蛇已經做好隨時都能划槳的準備動作。

肯亞回到甲板上碰見克雷夫，肯亞告訴克雷夫說原來蛇姬是叫一群蟒蛇來駕駛商船，但卻沒有告訴克雷夫有關於昨晚自己與蛇姬之間的談話。

肯亞與克雷夫等蛇姬上商船後便離開東海鎮出發前往南境海域，船隻在海上航行了五天才抵達到南境海域，這五天一路上除了遇到一點大風浪外，也算是蠻平穩無事的進入了南境海域。

克雷夫建議蛇姬將商船給停在南境海域上的一座小島換搭小木舟進港，這座島上只有一些土番族人居住，只要拿一點生活物資給這些土番族人的話，他們就會非常忠心的幫忙看顧船隻。這麼一來商船上的那些蟒蛇才能不被發現，而我們也不會因為太過顯眼而被南境士兵給攔下檢查。

蛇姬聽從克雷夫的意見將商船給停在土番小島上，並交代這些蟒蛇在船艙內耐心等待著大家歸來。

肯亞一行三人換搭小木舟來到南境港口，三人在南境港口市集內停歇了一會後便繼續朝著南郡城方向前進，最後終於在日落之前順利的通過南郡士兵的檢查進入到了南郡城內。

「今晚就在這家旅店過夜休息吧！明天一早在出發去會見南境奇人。」克雷夫指著前方的一間旅店說著。

「為何不直接帶我們去找奇人？」蛇姬在克雷夫後方問著。

「沒辦法，因為這位南境奇人有個奇特的規定，那就是這位南境奇人在晚間時刻是不接見任何客人的。」克雷夫撒手無奈的表示。

「先休息一下也好，反正妳這麼多年都在等待了，那應該也沒差這一晚的時間吧！」肯亞對蛇姬說道。

蛇姬思考片刻後便對著肯亞點頭認同，隨後三人便在旅店老闆的安排下分別睡在兩間不同大小的房間內。

旅店老闆安排肯亞與克雷夫兩人睡在同一間房間，而蛇姬則是在走廊另一側的房間內單獨居住，三人在旅店一樓簡單用完晚餐後便上到二樓房間內休息。

「克雷夫，你聽說過海蛇傳說嗎？」肯亞坐在床鋪邊說道。

「沒聽說過，那是什麼傳說？」克雷夫邊說邊整理衣物。

「沒事。」肯亞搖搖頭繼續說道：「你所說的那位奇人真的有辦法能尋找到任何想要找的人？」

克雷夫放下手中衣物坐在木椅上對肯亞說道：「大約在二年前，商船上一名女船員跑來跟我說她經常夢見她的丈夫在向她求救。但當時大家其實都知道這名女船員是思夫心切才會作惡夢，因為她的丈夫早在半年前出海捕魚時遇到了大風浪，而不幸喪身海底了。

我當時能做的只有暫時的緩和一下女船員的情緒，但不料女船員日後卻越來越頻繁的來哀求我去救救她的丈夫。

我當時詢問女船員有沒有夢見丈夫目前人在哪個地方，但是女船員卻是一直無法說出詳細地點，只知道自己的丈夫並沒有死亡。

女船員瘋言瘋語的舉動讓我與其他船員們都感到相當的困擾，就在大夥都覺得應該把女船員給驅逐離開商船時，一位剛從南境領地而來的新船員跟我訴說了他的想法。

這位年輕的新船員說在他們所居住的南郡城內有一位奇人，這位奇人在尋找人的這方面相當的有一套，可以說只要是你想尋找的人還活著，那這位奇人就能夠幫你找尋到這個人的所在之處。

我當時心裡覺得這位新船員的辦法倒是可以試看看，剛好那時候商船距離南境港口也不算太遠。當時想著只要能夠幫助到女船員徹底解決掉她心中困擾的話，那跑一趟南郡城其實也不是什麼大不了的事。

說實在的當時心裡的好奇心還蠻重的，心想這世上真有如此神奇的人嗎？只要是活人就都能得知到目前人在何處，這種通天本領自己還是生平第一次聽過。為了滿足自己的好奇心與解決女船員心中的困擾，於是我就帶著女船員以及那一名從南郡城來的新船員，一起搭著木舟離開商船前往南境港口。

我還記得當時登上南境港口時剛好看見二名搶匪正在搶奪一名婦人的包袱，婦人當時雖然有奮力抵抗，但最終還是敵不過二名大漢的蠻力。

我當時很疑惑為何港口邊的站哨士兵沒有前去制止這二名搶匪，反而是裝作沒看見呆呆的站在原地不肯伸出援手。

當時新船員低聲的告訴我們說南境領地內的治安正在逐漸的敗壞，原因是因為南郡城主數週前駕崩了，而老城主本身又無子嗣，於是根據南境律法將從現任重大官僚當中推選一位出來接任城主之位。

然而新一任的城主卻一直都還沒有推選出來，主要是因為大城內的每一位大官僚都在明爭暗鬥想霸佔大權。導致目前整個南境領地群龍無首，也逐漸的搞壞了老城主長久努力所維持住的治安現況。

新船員還說自己是因為看見整個南境領地因為官僚鬥爭而正在逐漸敗壞才離開南境出海當船員的，沒想到如今才剛踏上南境領地而已，就看到毫無起色的治安腐敗景象。

我與女船員一路上都在聽新船員訴苦、抱怨，說真的當時還真是有夠折磨的，還好南境港口距離南郡城不算太遠，不然當時可能會承受不了這種痛苦煎熬。

我們三人在日落後進入南郡城並來到了奇人的營業場所，當時新船員跟我們說奇人的這間石屋所運用的建材原料相當特別。這間石屋所用的建材原料是火山岩塊，這些原料要遠從西境領地內的一座名為「神火山」的火山口內取岩塊運送而來，據說神火山內所蘊藏的這些熔漿岩塊能持續不斷的從岩塊核心內散發出熱能。

我當時問了新船員為何這位奇人要選擇這些會發熱的岩塊來當原料，新船員說因為這位奇人相當怕冷，只要天氣一冷這位奇人的身體就受不了，而這些火山岩塊剛好能散發熱能來讓整間石屋變得溫暖。

我原本想再問新船員說那到夏天的時候這位奇人該怎麼辦，因為炎熱夏天一到石屋內的溫度一定會因為岩塊散發熱度而變得更高。

不過正當我想開口問的時候，女船員卻一臉不耐煩的打斷了我與新船員的談話，並一直指責抱怨說我們都沒有在討論正經事，從早到晚都在講一些沒有用處的事情。

沒想到換女船員在抱怨，我感覺我的耳朵又疼痛了起來，於是我只好收起好奇心趕緊去敲石門，希望石屋裡的奇人能夠快點出來開門救我一命。

出來開門的一位白髮蒼蒼的老人，但白髮老人卻說他的主人在日落之後就不再幫任何人服務。白髮老人說會預先幫我們預留一個名額，請我們先回城鎮內找間旅店歇一晚，明天早晨在勞駕過來石屋讓主人幫忙。

於是我們三人回到城內找了一家旅店過夜，但沒想到女船員心急的想趕快得知丈夫的下落，我與新船員沒睡到幾個時辰天還沒亮就被女船員給叫醒。

當時心想竟然被吵醒了那就早點去排隊等待，於是我們三人整理一下服裝儀容後又再度的來到了石屋。

我們在石屋門口大概等了將近一個時辰左右才看見白髮老人帶著一位小女童走了過來，白髮老人看見我們也很有禮貌一臉微笑的向我們點點頭，並在小女童的耳朵邊輕聲的說了一些話後就開啟門扉帶著小女童進了石屋。

過了片刻白髮老人走出石屋來帶領我們進入石屋內，一踏進石屋便感覺到屋內溫度相當暖和，行走間感覺到熱氣一直不斷的從四周圍牆壁冒出來。

白髮老人請我們坐在大廳內並交代我們說主人不太喜歡吵雜噪音，希望我們等等見到主人後能夠壓低音量與主人進行交談。

白髮老人說完便走到一旁端了三杯清水放置在我們面前，然後很有禮貌的跟我們說他要去請主人出來與我們會面，請我們在座椅上稍等片刻別任意的四處走動。

白髮老人看見我們三人一起點頭答應後才轉身離開大廳，但我記得那時候等了蠻久的時間，一直坐在石椅上閒著無事但又不能起來隨意走動，所以只好用雙眼反覆觀看整間大廳。

當時猜想這間石屋內應該會有很多特別之處，貴為奇人服務場所理當豪華氣派、與眾不同。但其實石屋大廳並沒有什麼可看之處，牆壁上只有掛著一幅小女童的肖像畫，其餘簡單的桌椅擺設大都與一般鄉村家庭相同，證明奇人應該是一位相當樸實不愛浮誇的人。

時間又過了一會，還是沒有等到白髮老人或是奇人出現在大廳，女船員開始不耐煩的發起了牢騷。我當時也沒想到竟然要等上這麼久的時間，心裡也認為這位奇人是不是不懂得所謂的待客之道，怎麼會讓登門拜訪的客人在自家屋內等待這麼久的時間還不出來會客。就算有什麼特別原因無法幫我們服務，那也應該派人來大廳告知我們一聲，而不是讓客人一直坐在大廳傻傻的等待。

女船員抱怨的音量越來越宏亮，一直在說她的丈夫在等著她去救援，還說這位奇人是不是虛有其名故意畏縮不敢出來見客。坐在一旁的新船員一直在好言安撫女船員的情緒，而我則是表情冷冷的坐在椅子上不發一語，因為我想等等看這位奇人會不會因為女船員的吵鬧而出現。

女船員終於坐不住了，她起身準備走去剛才白髮老人消失的轉角處。在一旁的新船員慌張的趕緊起身拉住了女船員的手臂並對著女船員搖頭示意不可如此魯莽，但女船員此刻已經怒火攻心不可收拾，她奮力甩開了新船員的手臂後便開始氣呼呼的衝進大廳底端的轉角處。

就在女船員快到轉角處的時候，白髮老人終於從牆角邊走了出來。女船員一見到白髮老人便大發雷霆的開始咆嘯，而白髮老人卻是滿臉笑容的請女船員息怒，因為他的主人就跟在後頭並且不喜歡吵雜音量，如果惹得主人不開心轉頭離開的話，那就枉費他辛苦的把貪睡賴床的主人給請下床見客。

女船員一聽完白髮老人的話後就趕緊收起脾氣乖乖的回到座位上，隨後白髮老人對著轉角處後方點點頭，似乎在告訴站立在後方的主人說一切都平靜了。

白髮老人先行走到我們三人面前，而我一直在期待到底這位奇人是何種模樣，因為我遇過不少江湖術士不是奇異裝扮，就是行為古怪，甚至還有一些是有特殊癖好與奇特性格的。

這位奇人終於就在我滿懷期待下走出轉角出現在我面前，不過我看見奇人後真的是嚇了一跳，當時心裡也在懷疑出現在眼前這個人當真是奇人嗎？因為這位奇人是一位……」

肯亞揮手制止了克雷夫說話，用手比著隔壁蛇姬的房間有不尋常動靜。克雷夫趕緊移動到行李邊拿起銀護腕丟給了肯亞，肯亞接住銀護腕後便快步的衝出房間。

肯亞一出房門便看見蛇姬的房門是開啟的，於是趕緊衝進房間內想尋找蛇姬，但看遍了整間房間都沒有看見蛇姬身影，蛇姬房間內已經是空空蕩蕩毫無一人。

肯亞衝出房間對著剛要走過來的克雷夫說：「我出去看看情況，你待在這等著別亂跑，不然我怕蛇姬回來找不到我們兩個。」

「好！你趕快出去找蛇姬吧！」克雷夫急速揮動著雙手要肯亞快點動作。

肯亞對著克雷夫點頭後便快速的下樓走出旅店，一出旅店門口卻看見面前有三條分叉街道，一時間讓肯亞愣在原地不知道該選擇哪一條街道。此時忽然在前方街道遠處傳來一陣女性的尖叫聲，肯亞一聽見尖叫聲就馬上跑進面前這條街道。

肯亞跑了一會時間卻都沒有發現到任何人或是任何異狀，但尖叫聲明明就是從這個方向傳來的，怎才一會兒功夫發出尖叫聲的人就消失不見。

肯亞此刻心裡相當擔心，因為蛇姬除了要面對人生地不熟的環境之外，還要面臨隨時都可能有賞金獵手出現圍殺的情況。此時又有尖叫聲從更前方傳來，而且這一次的音量比剛才更為宏亮。肯亞此時確定自己已經距離聲音來源處不遠，內心決定繼續往前要來探查個究竟，於是走到街口卻看見了令自己大吃一驚的景象。

街口是一片廣大的遊樂場，琳瑯滿目的遊樂設備與炫麗燈光的景色讓肯亞覺得相當驚奇，更沒想到南郡城內會有這麼一座規模龐大的遊樂場。

遊樂場上的遊玩人數不算稀少，五顏六色的彩色燈光就打在遊玩的人潮身上，就連肯亞自己身上也被印上了不少彩色光點。

同時肯亞終於知道尖叫聲的來源就是這些遊玩人潮所發出的，因為遊樂場內不時有女性或小孩發出尖叫聲與哭啼聲，讓行走在遊樂場內的肯亞覺得能讓人玩到大聲尖叫，這種現象或許就是遊樂場的最大特色之處。

肯亞心想蛇姬會不會也是因為聽見尖叫聲而被吸引過來，於是邊走邊專注的觀望四處有沒有蛇姬的身影，肯亞尋找了一會兒終於在一座名為旋轉木馬的遊樂設備前發現了蛇姬身影。

肯亞躲在一旁靜靜的看著蛇姬站立在旋轉木馬前，看來好像是在猶豫該不該上去遊玩似的。隨後肯亞看見有一群小孩童大吼大叫，並爭先恐後的衝到旋轉木馬的座台上搶奪著木馬，吵雜的聲音實在不輸給那些在市集上叫賣的攤販。

這群小孩童最後終於安靜了下來，因為每一位小孩童都有搶到一匹木馬。這群小孩童每一個都充滿著開心的笑容在等待著旋轉木馬的啟動，只有其中一位小妹妹在靜靜的看著蛇姬。

蛇姬也發現了這位坐在木馬上的小妹妹正在看著自己，於是彎起了嘴角給了這位小妹妹一個友善的微笑。小妹妹也開心的以微笑來回應並且伸出手臂指著還有一匹木馬沒人坐，希望蛇姬能上來坐上這一隻木馬一起遊玩。

蛇姬不知道自己該不該上去，卻發現站在一旁的遊樂設備管理員正在向自己揮手示意趕緊上去，在木馬上的這一群小孩童也在同時一起熱心呼喊邀請。蛇姬看見這些小孩童如此開心的邀請自己，心想那就上去陪這些小孩童一起遊玩看看吧！

肯亞在一旁看見蛇姬在旋轉木馬啟動後便顯得有些緊張，額頭與臉頰甚至都冒出汗來，可能是蛇姬從小到大都沒坐過這種遊樂設備，短時間內還無法適應木馬的起伏，以及木馬的旋轉速度。而坐在蛇姬身旁的那位小妹妹似乎看出了蛇姬的不安，只見小妹妹伸出手牽住了蛇姬並對著蛇姬說了一句話後，蛇姬臉上的不安感才漸漸的退散。

肯亞聽不見小妹妹對了蛇姬說了什麼，但很清楚的知道自從小妹妹說完話後蛇姬便開始有了笑容，也開始與這一群小孩童有了互動，甚至還跟這群小孩童一起大聲歡呼，以及一起開懷大笑。

肯亞自從見過蛇姬以來就不曾看見蛇姬如此開心笑過，也不曾見蛇姬會跟不熟悉的人嬉鬧玩耍，以前看見蛇姬總是一臉冷酷孤傲的表情，沒想到開心歡笑起來的蛇姬竟是如此的美麗動人。

旋轉木馬停止後，蛇姬便與這群小孩童一起開心的離開木馬台，這群小孩童一下木馬就開心的跑去別處繼續遊玩，只有剛才跟蛇姬牽手的那位小妹妹在臨走前還特地跑去親吻一下蛇姬的臉龐後才離去。

蛇姬滿臉微笑的看著小孩童們離開後便轉身準備離開遊樂場，此時在一旁的肯亞趕緊離開躲藏處走在蛇姬後方假裝的說：「這麼巧！妳也來遊樂場玩！」

蛇姬回頭一看是肯亞後就回答說：「沒來過南郡城所以想利用空閒時間出來四處看看這個地方有何特色，隨意的走一走就走進這座遊樂場。你呢？你怎也會來這？」

「我是聽旅店老闆說南郡城內有一座非常好玩的遊樂場，於是我就走來想玩看看到底有沒有像旅店老闆所說的那麼好玩，但真沒想到來遊樂場卻碰見妳。」肯亞說謊好讓蛇姬不起疑心認為自己是跟蹤而來的。

「嗯，那你慢慢玩吧，我先回旅店了。」蛇姬說完便轉身回頭準備離開。

肯亞見狀趕緊跑到前頭攔住蛇姬說：「時候還這麼早就想要休息，既然來了就多玩一會吧！我相信這裡的遊樂設備應該還有很多妳都沒玩過吧！來吧！我帶妳去玩看看別種遊樂設備。」肯亞說完後就伸出手臂並把手掌向上張開。

蛇姬看著肯亞的手掌內心回想著自己小時候跟奶奶吵著要出去遊玩的時候，奶奶總是用希望能幫忙顧攤賣魚貨的理由拒絕了請求。每次看到其他孩童圍在一起嬉鬧奔跑玩得很開心的時候都會想流眼淚，為什麼自己不能像其他孩童一樣能夠有玩伴、有童年。

沒童年的陰影一直到當了海盜後還是沒改善，由於海盜養父無微不至的呵護，讓自己以尊榮之姿生活在群眾當中，導致身邊沒有半個敢說真話或是敢跟自己交朋友的人。

自己從小到大都找不到可以一同遊玩的人，也從來沒有人主動的來邀請自己一起去遊玩過。如今面對這位獵手肯亞的邀請，自己內心的感受是憂喜各半不知該如何選擇才好。

肯亞看見蛇姬正在猶豫不決，於是主動的去握住蛇姬的手掌後說道：「走吧！還在思考什麼呢！」說完便拉著蛇姬往遊樂場另一個方向走動。

蛇姬邊走邊看自己的手掌被肯亞緊緊握住，印象中從小到大只有奶奶跟養父握過自己的手掌，所以除了奶奶跟養父之外，肯亞就是第三個會主動牽自己手掌的人。但被肯亞牽著的感覺，卻跟被奶奶或是養父牽著的感覺不一樣，內心有一種說不上來的感覺，這種感覺是自己從未有過的。

肯亞心想好險蛇姬願意讓自己牽著她的手臂，不然自己如此魯莽的行動肯定會被蛇姬給痛扁一頓，很顯然蛇姬的內心還是想待在遊樂場遊玩一番。

肯亞帶著蛇姬吃了一些攤販美食，也玩了一些遊樂設備，讓總是一臉冷酷又不太敢遊玩的蛇姬也漸漸的開始有說有笑，並且整個人也慢慢融入遊樂場內的遊戲設備裡頭。

肯亞牽著蛇姬走著走著突然感覺到蛇姬在後頭停下了腳步，轉身回頭看見蛇姬正專心的在觀看著右前方。肯亞看見在蛇姬的右前方有一攤射飛刀遊戲的攤位，而坐在攤位內的老闆正用著一種彷佛看見仙女一般的驚訝眼神在看著蛇姬。「想玩飛刀遊戲？」肯亞問著蛇姬。

蛇姬沒有回答直接抬起手臂指著牆壁，肯亞朝著攤位牆壁望過去，發現到牆壁上吊掛著許多隻模樣可愛的布偶娃娃。其中有一隻布偶娃娃立刻吸引住了肯亞的目光，而這隻布偶娃娃正好跟蛇姬手比著的是同一隻。

「老闆，要如何才能得到那隻布偶娃娃？」肯亞走到攤位面前手指著牆壁上的布偶娃娃問道。

攤位老闆趕緊笑咪咪地起身回答說：「想要這隻布偶娃娃是相當簡單容易的，在這個桌面上有九把小飛刀，只要客人您能夠把掛在牆壁木板上的九個水袋都用飛刀給射破的話，那牆壁上的任何一隻布偶都能夠任客人您來選擇。」

肯亞二話不說的拿起了桌面上的九把飛刀並一口氣的射光，攤位老闆用一臉嚇傻的表情在看著牆壁上九個破裂水袋，隨後表情哀傷的把肯亞所指定的布偶娃娃給取了下來拿給了肯亞。

「這隻布偶還蠻可愛的，剛好又是妳喜歡的動物種類。」肯亞牽著蛇姬往遊樂場的出口方向走去。

「我想要拿給小蛇玩的，我猜小蛇應該會很喜歡這隻布偶吧！」蛇姬微笑的看著手中的布偶娃娃。

「看來妳特別喜歡那條紅色蟒蛇。」肯亞說完後心裡想著原來這隻有著蟒蛇外表的布偶娃娃不是蛇姬想要收藏的，而是要給常常跟隨在蛇姬身邊的那條鮮紅色的蟒蛇。

蛇姬看著布偶娃娃邊走邊說：「小蛇是我第一隻馴服的蛇，我第一次與小蛇見面的時候，我記得那一天是下著大雷雨的天氣。當時我陪奶奶在東海海岸邊跟一名老漁夫買一些新鮮魚貨準備帶回去市集上販賣，沒想到天氣說變就變突然就下起了大雷雨。奶奶擔心我會因為這場大雷雨而染上傷寒，於是決定帶我走海岸邊的樹林捷徑想盡快回到家中躲避這場大雷雨。

奶奶將她的外衣脫下來蓋在我的頭頂上，自己則是淋著大雷雨帶著我來到了樹林捷徑。這條捷徑鮮少有人會選擇行走，因為樹林內的地上都是淤泥軟土相當的不好行走，加上樹林內經常有猛獸出沒，讓這片樹林幾乎被東海鎮的居民給遺忘拋棄。

奶奶帶著我在樹林間穿梭了一段時間後終於看見了捷徑出口，但不巧的是正好有一隻黃種老虎從樹林間走出來並且看見了我們。奶奶低聲嘆氣的說沒想到會碰見猛虎擋路，而那隻黃種老虎就停留在出口處用牠那雙銳利的眼神在打量著我們。

奶奶拉著我的手臂慢慢地後退，但我們卻並沒有與老虎拉開距離，反而是越退距離越近，因為黃種老虎看見我們後退牠就大步前進，一直到我與奶奶退到了一條小溪旁。

在我們背後的這條小溪因為大雷雨的關係而溪水暴漲，當時整條小溪的水流相當的湍急，暴漲溪水夾帶著大量黃土碎石在小溪內快速流動，讓原本清澈寧靜的小溪轉眼變成隨時都可以吞噬掉任何東西的黃河水怪。

猛虎看見我與奶奶已經毫無退路，猛虎也看得出來我與奶奶的內心相當的恐懼，於是原本觀望的表情慢慢地變成準備獵食的神情。

奶奶把我拉到她的背後，並在腳邊撿起一顆石塊握在手裡。我當時躲在奶奶背後以為猛虎會用奔跑前撲的方式上前來攻擊，但沒想到猛虎卻是站立在前方不動並沒有繼續再向我們靠近。

我當時猜想是不是奶奶手中的石塊讓猛虎有所顧慮，不然猛虎怎沒有採取獵食行動。就在我思考的同時我看見猛虎開始向左方移動並消失在我的視線內，於是我趕緊轉動身子從奶奶的腰身另一邊探頭一看，沒想到猛虎就在我探頭查看的同時發動了攻擊。

我看見猛虎跑得很快，不一會時間已經快奔跑到我們面前。同時奶奶也不甘示弱地舉起手中石塊對著猛虎大聲咆嘯，似乎是在向猛虎宣告說想要獵食我們就要付出相當慘痛的代價。

沒想到奶奶的咆嘯聲竟然喝止住了黃種老虎奔跑的腳步，我看見猛虎凶惡的表情瞬間變成懼怕神情，並且開始低著頭一步步慢慢的往後方退。我當時看見猛虎開始後退相當的開心，心裡認為奶奶真的是一位厲害的大人，只大喝一聲便能嚇退凶惡猛虎。

但我這個想法就在我陪著奶奶一起回頭看著後方的時候才知道錯了，原來猛虎並不是被奶奶的咆嘯聲給嚇跑，也不是因為懼怕奶奶手中的堅硬石塊才退卻，而是猛虎看見一條大蟒蛇出現在我們背後才放棄攻擊而選擇離開。

奶奶再一次將我拉到她的背後，我看見我們這次面對的是一條體積龐大的大蟒蛇。這條大蟒蛇全身血紅毫無雜色，表皮鱗片也相當的光澤明亮，整體看來就是一條膚色相當美艷的紅色蟒蛇。

這是我生平以來第一次看見蟒蛇，我當時真的被蟒蛇的體積給嚇呆了。沒想到就在我嚇到雙腳發軟的時候，這條紅蟒蛇突然就低頭舔了奶奶的臉頰，隨後奶奶就全身硬直的倒了下去。

我看見奶奶倒臥在地的時候，當下一股怒火就湧上心頭。我滿臉憤怒的抬起頭狠瞪著紅蟒蛇，沒想到這一瞪卻讓這條紅蟒蛇退縮了一下。我不知道我從哪借來的勇氣，我竟然開始對著眼前這條紅蟒蛇發出怒吼與叫罵，甚至還揮舞著雙臂示意要狠狠地痛扁紅蟒蛇一頓。

紅蟒蛇不知道是被我的咆嘯聲給嚇呆了，還是被我的拳腳功夫嚇呆了，只見牠一動也不動雙眼緊盯著我看，好像是遊客在看猴子耍猴戲一樣。

我心想紅蟒蛇一動也不動的愣在暴漲溪水中，這是趕快帶著奶奶逃走的最佳時機。於是我趕緊跑到奶奶身邊想扶起奶奶，但沒想到我的力氣根本就抬不動奶奶。我心裡很焦急的一直反覆嘗試要扶起奶奶的身體，這時紅色蟒蛇竟然低下頭幫我頂著奶奶的身體，讓我順勢將奶奶的上半身給扶起坐正。

我驚訝的看著紅色蟒蛇，沒想到紅蟒蛇不但沒攻擊我反而還幫助我將奶奶給扶起，我當時搞不懂這條紅蟒蛇究竟想要做什麼，紅蟒蛇的種種反常行為還真的讓我摸不著頭緒。

紅蟒蛇似乎看穿了我的心思，牠用牠的臉頰輕輕地在我的臉頰上來回磨擦，像是在安撫我的不安情緒與猜疑心思。我內心覺得很奇怪，紅蟒蛇怎會有了一百八十度的大轉變，從剛開始出現時的凶猛模樣到現在的溫馴神情，到底是發生了什麼事才讓紅蟒蛇變成現在這樣。

隨後紅蟒蛇將頭停靠在我腳邊示意要我坐在牠的頭上，我當時心裡只想著奶奶的安危，所以我把紅蟒蛇的頭給推開繼續使力想把奶奶給扶起來。我當時並沒有辦法將奶奶整個人給攙扶起來，沒想到紅蟒蛇卻在此時一口咬走了奶奶的身體，直接硬生生的從我手中把奶奶給搶了過去。

我滿臉憤怒的面對著紅蟒蛇，看見紅蟒蛇並沒有將奶奶給吞食掉。紅蟒蛇是將奶奶的身體給含在嘴邊，就像是小狗嘴裡叼著一根白骨頭的模樣。

我大喊著叫紅蟒蛇把奶奶還來給我，但紅蟒蛇卻又將頭低到我腳邊示意叫我坐上去。我心想一直在這跟紅蟒蛇耗下去也不是辦法，於是只好先坐上蛇頭看看情況後再來另想其他辦法。

沒想到紅蟒蛇竟然載著我與奶奶出了樹林，也不知道紅蟒蛇是如何知道樹林與東海鎮之間的行進路線，紅蟒蛇最後竟然載著我與奶奶到達東海鎮外的一處草皮上。

我心裡不解的是為什麼紅蟒蛇會出現嚇退猛虎，也猜不透為什麼紅蟒蛇會放棄吞食我們，又為什麼會幫助我與奶奶脫離危險樹林，還冒著被鎮上的大人們發現的危險，不辭辛勞的將我與奶奶送到距離鎮上不遠的地方。

我趕緊回到鎮內請人幫忙將奶奶給抬回家中，奶奶的身體在幾個時辰後就恢復成能夠自主活動的狀態。紅蟒蛇離開以後我的腦海就一直出現牠的模樣，後來我終於在三天後返回樹林中想尋找這一條紅蟒蛇。

我瞞著奶奶獨自一人進入樹林並且來到了當時遇見紅蟒蛇的這條小溪邊，希望能在同一地點再一次的與紅蟒蛇相遇，但一直等到夜色即將降臨了還是看不見紅蟒蛇的任何蹤影。

我失望的準備離開樹林，畢竟樹林在夜幕籠罩下會變得更加的危險。就在我即將離開小溪的同時，我看見紅蟒蛇在我右前方的樹叢間出現。

紅蟒蛇一看見我便快速的爬行到我面前低頭，就像是士兵看見長官來臨一般的在低頭敬禮。我當時雖然心裡有點害怕，但我還是伸手摸摸了紅蟒蛇的頭，沒想到這個觸摸卻讓我受到很大的驚嚇，因為在我觸摸到蛇頭皮膚的同時，我聽見了紅蟒蛇說話的聲音。

當時我嚇得趕緊把手給縮回來，一縮回來後就再也沒有聽見任何聲音。難道是要用手貼著蛇頭才能聽見聲音，於是我又再一次的把右手掌給貼附在紅蟒蛇的頭上。的確聲音是透過右手掌的皮膚傳達上來，這次我專心聆聽紅蟒蛇究竟想對我說些什麼話。

紅蟒蛇說我是牠的主人，這三天來牠一直在鎮外草皮處等候我的出現。今日牠依然是去鎮外等待到夜色將近才回到樹林小溪。

我居然能聽見蟒蛇講話的聲音，連我自己都覺得不可思議。不僅如此，我還成為這條會說話的蟒蛇主人。我是何時被認定為主人的我不知道，我內心想著為何我現在能聽見紅蟒蛇說話的聲音，而當時被紅蟒蛇載著離開樹林的時候卻無法聽見牠的聲音。

紅蟒蛇透過我的手掌得知到我的疑慮，紅蟒蛇說當時牠的確是想把我與奶奶當成是牠的午餐，但沒想到在那時候卻感受到我身上散發著一股王族蛇種的氣息，也嗅到我的體內流著王族蛇種的血液。

紅蟒蛇又說王族蛇種能與任何一種蛇類進行溝通，這就是我為什麼能夠聽到牠的聲音。王族蛇種也是所有蛇類中最高貴的蛇種，統管所有大海與陸地上的蛇類，這就是牠為什麼會稱呼我為主人的原因。

我問紅蟒蛇為什麼我會有王族血統，紅蟒蛇說關於這點牠就不知道。牠還說自己是第一次遇到擁有王族血統的人類，若不是自己親眼所見，牠還真不相信竟然會有人類身上流著王族的血液。

我決定回去家中問奶奶，我希望奶奶能告訴我這王族血統到底是怎麼一回事。我叫紅蟒蛇送我到樹林口並希望紅蟒蛇乖乖的在樹林內等待我回來找牠，我也答應讓紅蟒蛇成為我的隨從。

從此這條紅蟒蛇便一路陪伴我成長，我體內的能力也慢慢的被這條紅蟒蛇給喚醒發掘，我從此漸漸地學會控制蛇類，並能跟所有蛇類溝通。但是這條紅蟒蛇的體型隨著季節的轉換越長越大，一直到有一天我覺得牠的體型實在太大太顯眼了，於是我利用深夜時間把牠帶往郊外的一座深山中安頓，一直到我當上了海盜後才去把牠帶到海蛇島上安居，並且還替牠取了一個名字叫小蛇。」

「這名字取的不太適合吧！明明就是這麼大一條的蟒蛇，但名字卻是叫小蛇，哈哈！」肯亞嬉笑的把雙手張得很開，表示自己的雙手還不足以用來環抱小蛇。

蛇姬靦腆的笑說：「小蛇說在王族面前不能說『大』，所以我只好取名為小蛇。」

「那後來呢？有從奶奶口中得知到任何有關王族血統的事情嗎？」肯亞收起笑容與手臂說著。

蛇姬搖搖頭說：「沒有，後來我回到家中就找不到奶奶了，一直到現在為止我都沒有再見過奶奶一面。」

肯亞握著蛇姬的手說：「沒關係的，等明天去南境奇人那把所有事情都給問清楚就好啦！現在我們就先把這隻蛇布偶帶去給小蛇玩吧！」

「好！」蛇姬笑著點頭答應。

第八章　南境奇人

太陽升起，克雷夫一大早就在旅店門口等候肯亞與蛇姬的歸來，一直等到將近中午時刻才看見肯亞牽著蛇姬出現在眼前。

「你們兩個是跑去哪了啊？到現在才出現！」克雷夫對著正往自己走來的肯亞與蛇姬兩人大喊。

肯亞牽著蛇姬走到克雷夫面前說：「去商船上陪小蛇玩了一夜，不好意思讓你擔心了。」

克雷夫被肯亞這麼有禮貌的回話給嚇了一跳，從認識肯亞以來都不曾聽過他這麼有禮貌的說話。接著低頭看見肯亞的手掌緊握著蛇姬的手掌，內心想這獵手肯亞還真有一套，竟然能把冷酷又不愛說話的蛇姬給牽住，看來肯亞一定花費了很大一番功夫。

「好啦！沒事啦！人回來了就好。走吧！跟奇人約定的時間已經超過了，要是不趕緊出發的話，那今天可能又要在旅店過夜了。」克雷夫假裝不在意兩人牽手的舉動，轉頭就拿起地上的包袱向前方走去。

「走吧！我們去把一切問清楚。」肯亞低聲對著蛇姬說道。

蛇姬點頭後便跟肯亞一起跟隨著克雷夫前往奇人居所，三人行走一段旅程後肯亞忽然想起昨晚與克雷夫的談話內容，於是對著走在前頭的克雷夫問說：「克雷夫，到最後你們有找到女船員的丈夫嗎？」

克雷夫聽見後回答說：「有，奇人當時告訴我們說女船員的丈夫在海面上漂流一陣子後剛好被經過的漁船給救起。但不幸的是該艘漁船在回航時卻遇到了海盜船的包圍挾持，整條漁船連船員都被海盜帶去賣給地下人口販子，再經由地下人口販子轉賣給奴隸市場。最後我們去奴隸市場找到女船員丈夫並且付了一筆錢把女船員的丈夫給贖回，反正整個過程非常複雜，不過到最後所有的事情經過果真都被這位奇人給一一說中，所以我才會推薦這位奇人看看能不能夠幫助蛇姬找到親人。」

肯亞看著蛇姬說：「看來這位南境奇人不同於凡人，我想這位奇人應該能幫助到妳也說不定。」

「嗯，我也希望是如此。」蛇姬回應著。

「我跟你們說，這位南境奇人是我這輩子所遇過最神奇的人，聽說南郡城主也拜託過奇人來幫忙找尋一位失聯多年的好友，最後南郡城主也是靠著奇人所提供的資訊才找到這位失聯好友的。總之這位南境奇人相當的不可思議，等等見到奇人以後你們就會知道。」

肯亞心裡想克雷夫這幾天來都不停地在讚揚奇人的尋人事蹟，如果這位奇人當真能說出蛇姬雙親的所在位置的話，那等尋找到蛇姬雙親後，蛇姬勢必會因為要與雙親一起生活而離開自己與克雷夫，一想到這裡不知不覺焦慮了起來。

蛇姬看見肯亞表情變得焦慮便問說：「你怎麼了？怎一臉不開心的樣子？」

肯亞趕忙搖頭說：「沒事，剛在想一些事情。」

蛇姬不相信肯亞的話，於是想開口繼續追問，克雷夫卻搶先說出：「我們到了！前面那間就是會散發熱能的石屋，而奇人就在那間石屋裡面幫眾人尋人。」

「哇！人山人海，排隊的人這麼多。」肯亞看見在石屋門口前有著相當長的排隊人潮。

「所以我才說我們太晚了啊！奇人的服務時間是有限制的，我先去詢問一下我們約見奇人的時間是否取消了，你們兩個先在這裡等我一下。記住！千萬別再亂跑了。」克雷夫交代完就直接往石屋走去。

「不知道今天問不問得到南境奇人。」蛇姬皺著眉頭。

「等克雷夫問看看就能知道了，放心吧！就算今天不能見到奇人，那就明天早一點來不就好了，應該沒差這一天吧。」肯亞安慰著蛇姬。

蛇姬點頭回答說：「看來也只能這樣。」

「去那邊坐一下等克雷夫吧。」肯亞指著路旁的石頭說道。

蛇姬對肯亞點頭後便跟著肯亞慢慢的往路旁移動，兩人走到一半時就聽見克雷夫在石屋門前大聲呼喊著兩人名字，並急速揮舞著雙手示意兩人趕緊往自己所在的石屋門口處移動，兩人微笑的互望一眼後便開心笑著一起往克雷夫所在的方向跑去。

「真是好運氣，老人進入石屋內詢問請示，奇人表示願意讓我們插隊進石屋內會見，目前我們是排在第二順位。」克雷夫訴說著剛才所詢問出的結果。

「太棒了！等等就能詢問奇人了！」肯亞開心的對著蛇姬說道，但卻看出蛇姬的表情變得不安，看來是即將要與奇人會見，內心期待奇人是否能給出答案，而這個答案又是否是自己所能承受的。

克雷夫也看出蛇姬的情緒掀起了一絲不安的波動，於是擠出笑容對著兩人說：「等等看見奇人可別嚇一跳，可別跟我之前第一次看見奇人的反應相同。」

「奇人是有三頭六臂嗎？不然怎會被驚嚇到？」肯亞不解的問著。

克雷夫不理會肯亞的發問，反而是微笑的轉頭面對蛇姬低聲的說：「蛇姬美女妳想不想知道我為什麼會這麼說？」

蛇姬被克雷夫這麼一問也好奇的回答說：「好啊！我也想知道為什麼你會認為我們一定會被奇人給驚嚇到。」

克雷夫故作神祕的瞄了肯亞一眼，還刻意將蛇姬給拉到一旁小聲的說：「我告訴妳原因但妳先不能告訴肯亞喔！因為我想看看肯亞看見奇人後的反應與神情。我猜想肯亞的表情反應一定會很好笑，我們兩個就保持神祕準備等著觀看肯亞的驚嚇反應，到時候肯定會讓妳覺得很有趣味的，妳覺得這個做法如何？」

肯亞看著克雷夫不知道跟蛇姬說了什麼，只看見蛇姬不停地偷瞄自己還不時的臉帶微笑對著克雷夫猛點頭。而克雷夫則是邊說邊露出一副奸詐的賊臉，肯定是跟蛇姬在討論著什麼事情而不敢讓自己知情，而蛇姬看來也好像是已經答應並且準備參與其中，看來兩人一定是在偷偷的商量要一起聯手來整自己。

肯亞看著克雷夫準備將蛇姬給帶回，肯亞知道這兩人一定是準備好了要來開自己玩笑，所以心裡想著等等兩人回來談話時自己一定要小心翼翼的回應，絕不能讓兩人的計謀得逞。

克雷夫奸笑的帶著蛇姬慢慢地走向肯亞，就在準備開口跟肯亞說話的時候，老人卻在此時推開了石屋門扉吸引住克雷夫的目光。克雷夫趕緊跑到老人面前低頭行了一個禮，而老人也很有禮貌的低頭回敬了一個禮並邀請克雷夫進入石屋準備會見自己的主人。克雷夫趕緊揮手叫肯亞與蛇姬快點靠過來，三人就在老人的帶領之下走進了石屋。

肯亞走在石屋走廊上感覺到石屋內的溫度比外頭高出不少，牆壁兩側不斷的有熱能往身體襲來。看著牆壁上的石塊心裡想著之前在旅店聽過克雷夫說過奇人相當懼怕寒冷，而石屋暖氣來源全是靠著牆壁上的這些特殊石塊所供應的，於是好奇地想伸手去觸摸看看這些神奇的散熱石塊。

就在肯亞伸手即將觸摸到石塊的時候，卻聽見走在前頭的老人說：「請不要隨意觸摸屋內的任何一塊岩石，這些特殊石塊的表面相當的粗糙尖銳並且具有高溫，徒手觸摸恐怕會割傷手或是被熱能給灼傷。」

「對不起，失禮了！」肯亞趕緊慌張地收回手臂。

老人帶著肯亞一行人到達客廳後便安排三人各自坐在一張木椅上，隨後端了三杯清水給三人拿在手上後便走到客廳底部輕聲說著：「主人，客人們已經準備好了。」

肯亞看見老人的腳下出現了一道影子，於是彎腰將手中的水給緩緩地放置在地面上，雙眼則是相當專注的看著老人所站之處，想仔細看看克雷夫口中所說的奇人到底是擁有什麼嚇人之處。

影子伴隨著腳步聲越來越接近，最後在老人身旁出現了一道身影。肯亞看見出現在老人身旁是一位女孩童，而這位女孩童身穿一件從脖子以下包覆到腳踝的白色毛質外袍，雙腳則是套著一雙看似是用動物皮毛所做成的白絨毛短鞋。

肯亞表情驚嚇望向克雷夫，而克雷夫則是微笑地對著肯亞點點頭示意說眼前這位女孩童就是南境奇人。肯亞內心真的是感到不可思議，眼前這位女孩童看起來不過才六至七歲，沒想到竟然就是克雷夫口中所說的南境奇人。

「這位大叔很眼熟，我們應該見過面吧？」女孩童走到三人面前的一張躺椅旁看著克雷夫說著。

克雷夫趕緊站起來回答說：「奇人好記憶，我們在二年前見過一次面，今天再一次地前來拜訪是因為又有一件事情想麻煩奇人您來幫忙。」

女孩童聽完克雷夫的話後便坐上專屬躺椅，隨後身旁老人遞了一杯溫水給女孩童，然後再將放置在手肘上的小毛毯給披覆在女孩童身上後就退後一步站立在女孩童的躺椅後方。

此時女孩童喝了一口杯中溫水後說：「不用一直叫我奇人，我的名字叫做『美樂蒂』。說吧！我該如何幫助你們。」

「想麻煩奇人幫忙尋找三個人。」克雷夫恭恭敬敬的說著。

美樂蒂將手中水杯還給老人後說：「別再叫我奇人了，還有我的規定是一次會面只能幫忙尋找一個人。」

克雷夫轉頭看著蛇姬，看見蛇姬正對著自己點頭示意說願意今日只問一個人的下落，於是克雷夫回頭對著美樂蒂說：「我們願意遵守規定。」

美樂蒂聽完克雷夫的話後便看著老人，老人看見美樂蒂的眼神後便轉身離開客廳。美樂蒂等到老人離開客廳後便對著克雷夫說：「說吧！你們想尋找何人？」

肯亞看這位奇人美樂蒂雖然樣貌是小孩童，但言行舉止卻活像個大人模樣，心想可能是小小年紀就被稱為奇人受人尊重，導致於美樂蒂的身心靈提早接觸到大人們世界，讓美樂蒂的心智過於早熟才會有現在這般表現。

克雷夫低聲地與蛇姬交談過後便對著美樂蒂說：「這位女子的名字叫做蛇姬，而我們想尋找的人就是蛇姬的親生母親。」克雷夫指著坐在身旁的蛇姬。

美樂蒂擺頭看了蛇姬一眼，隨後表情變得不耐煩的說：「爺爺！我的寶貝要拿來了嗎？可別讓三位客人等太久啊！」

肯亞一聽才知道原來那位老人是美樂蒂的爺爺，難怪老人對美樂蒂的照顧能如此細微，隨後看見老人手拿著一個大鐵盒從客廳底部快步的走了過來。

「爺爺快拿給我！快點！快點！」美樂蒂看見老人端著大鐵盒到來便開始語氣急躁的在催促著老人。

「好……妳別急。」老人笑著打開大鐵盒拿出一根麥芽糖棒遞給了躺椅上的美樂蒂。

「耶！」美樂蒂滿臉開心的模樣拿著麥芽糖棒便開始吃了起來。

肯亞看美樂蒂現在的模樣就像是小孩子要到糖果一樣，整個人都陶醉在麥芽糖上，似乎忘記要幫蛇姬尋找母親的事，於是便開口直接問道：「請問一下，不知道美樂蒂高人是否已經得知我們所要尋找的人的下落了？」

「對喔！你們要找人！」美樂蒂嘴含著麥芽糖驚嚇了一下，接著又對肯亞說：「是要找尋你的母親對吧？」

肯亞聽見美樂蒂的回答後滿臉錯愕，心想這位奇人的記憶力怎這麼差，隨後搖頭手比著身旁的蛇姬說：「不是要尋找我的母親，我的母親已經去天國很久了，現在是要麻煩高人妳幫忙尋找這位女人的親生母親。」

美樂蒂拿出口中的麥芽糖看著蛇姬，看了一會兒後便指著蛇姬說：「爺爺！她好漂亮啊！」

「是啊！這位大姊姊的五官很艷麗。」老人低著身子說道。

「那我長大會比她還漂亮嗎？」美樂蒂抬頭問著老人。

「只要我們家的美樂蒂能幫助這位漂亮的大姊姊找到他的親生母親的話，說不定長大後會比這位大姊姊更加美麗喔！」老人微笑對著美樂蒂說道。

肯亞覺得美樂蒂變得跟剛才不一樣，方才說話成熟的女孩童到現在卻變成稚氣天真的小娃兒。

「好！」美樂蒂跳下躺椅快步地來到蛇姬身旁說：「大姊姊的腦袋能借我嗎？」

蛇姬不知所措的看著克雷夫，只見克雷夫指著自己的腦袋對蛇姬說：「奇人能透過碰觸頭部的方式來與對方心靈相通，並透過心靈上的交流來探知所要找尋的人的長相與過去。」

肯亞心想天底下竟然有這種神奇的事情，竟然只要碰觸腦袋就能得知對方想要尋找的人在哪裡，看來這位女孩童的體內擁有不可思議的能力，就像蛇姬體內擁有能控制蛇類的能力一樣。

蛇姬微笑的推開椅子蹲在美樂蒂面前點頭示意準備好了，而美樂蒂也開心笑著將手中的麥芽糖給丟在地上，隨後雙手掌緊貼在蛇姬的頭頂，雙眼緊閉慢慢的往蛇姬的記憶深處潛入。

老人緩緩走來美樂蒂的身旁彎腰準備撿起被丟棄在地面上的麥芽糖，就在老人的手指剛碰觸到地面上的麥芽糖那一瞬間。「啊！」美樂蒂忽然大叫一聲，隨後表情驚恐的一直看著蛇姬的臉並快速的往後退，直到老人在後方伸手扶穩美樂蒂的身子，這才停止美樂蒂往後狂退的腳步。

「發生了什麼事？」肯亞看見美樂蒂與蛇姬兩人在互觸的那一剎那，美樂蒂的雙眼就馬上睜開，隨後就表情惶恐臉冒冷汗的往後退開。

「有蛇！好大一條的蛇！」美樂蒂語氣顫抖指著蛇姬說道。

克雷夫趕緊上前一步對著美樂蒂與老人說：「我這位朋友她擁有能與蛇類溝通的能力，美樂蒂奇人可能是探索到我這位朋友的能力才會被驚嚇到。很抱歉我們剛才沒有先預先告知這件事情，害美樂蒂奇人受到如此驚嚇，我代表大家在這裡向兩位致歉。」克雷夫說完便對著美樂蒂與老人彎腰鞠躬以表歉意。

老人聽完克雷夫的話後便對著美樂蒂微笑說道：「原來這位大姊姊也跟妳一樣不同於一般人，那妳們兩個應該可以成為好朋友喔！」老人說完便將美樂蒂的身子給往前輕推了一步。

美樂蒂雙眼看著蛇姬一會，隨後手指著蛇姬轉頭對老人說：「我要跟這位大姊姊交朋友！」

「那不錯啊！那我們美樂蒂就多了一位長相漂亮的新朋友，那美樂蒂還願不願意幫助這位新朋友找尋她的親生母親呢？」老人微笑著。

「我要幫忙朋友！」美樂蒂轉頭面對著蛇姬說：「大姊姊願意跟我當朋友嗎？」

蛇姬微笑的看著美樂蒂說：「好啊，美樂蒂妹妹。」

「耶！」美樂蒂舉起雙手開心的在原地歡呼。

肯亞在一旁認為這位美樂蒂奇人跟一般小孩的思想行為差不多，說話成熟的語氣可能是因為身旁的爺爺從小就教導灌輸一些會見客人時的用語，但美樂蒂內心真正的稚氣還是掩藏不了。

「那現在是要再一次的進行心靈探索嗎？」克雷夫看見美樂蒂的心情緩和後就開口問著。

「我不要再看到大蛇蛇了。」美樂蒂搖搖頭說著。

克雷夫一聽便皺著眉頭說：「那現在該如何是好？不做心靈探知不就沒辦法得知蛇姬親生母親的下落。」

老人此時對著美樂蒂說：「大姊姊腦中的大蛇蛇是不會傷害到我們美樂蒂的，不信妳可以問大姊姊。」

蛇姬看見美樂蒂還是在用擔心害怕的眼神在看著自己，於是伸出雙手掌托住美樂蒂的臉頰微笑地說：「姊姊身邊的大蛇蛇都很乖不會欺負美樂蒂妹妹的，美樂蒂妹妹可以不用害怕。」

「好！美樂蒂要跟大姊姊當朋友，所以美樂蒂不能害怕大蛇蛇。」美樂蒂說完便走向前去靠近蛇姬。

蛇姬微笑的與美樂蒂再一次的碰觸，這一次蛇姬刻意的不去回想與小蛇的相遇過程，並將自身控制蛇類的能力給鬆懈掉，為了就是讓美樂蒂能更容易的進入自己的心靈深處。

時間過了數十秒，蛇姬此刻已經能感受到美樂蒂的心靈正在入侵自己的腦海，心想原來美樂蒂是將自己的心靈給釋放出來，並透過手掌的碰觸侵入到對方的腦海中。

克雷夫移動到肯亞身旁附耳低聲的說：「上次聽老人說奇人的特殊能力是一種經由碰觸就能入侵對方腦中深層記憶的能力，再透過深層中的記憶影像來讓奇人確認所要尋找的人的五官相貌，確認後奇人會再用她另外一項能力來探知這個人的成長過程與所有的人生經歷。」

「現在美樂蒂只是在確認蛇姬母親的長相?所以真正的找尋工作還沒開始?」肯亞問著。

「不!已經同時在進行了。奇人她在探知相貌後就會同時開始在搜尋此人的一切經歷，並開始追蹤此人目前的所在位置與最近的任何動態。」

「就連最近做了一些什麼事都能知道?」

「沒錯!上次在幫女船員找尋丈夫的時候她就有展現出這種能力。」

「看來這位美樂蒂妹妹還真是不簡單！」肯亞說完話後便看見美樂蒂臉上帶著失望的表情退後了一步。

「美樂蒂找不到大姊姊的母親。」美樂蒂的語氣很沉重。

肯亞上前一步說：「怎麼會這樣？」

克雷夫手搭著肯亞的肩膀低聲的說：「奇人沒辦法探知到死人的位置。」

「意思就是說蛇姬的母親已經不在這世上了。」肯亞聽完克雷夫的話後就趕緊轉頭看著蛇姬，肯亞擔心蛇姬聽到這個消息後會情緒崩潰。

「謝謝妳！美樂蒂妹妹！」蛇姬微笑的親吻了一下美樂蒂的額頭，隨後起身對著肯亞與克雷夫說：「我們可以離開了。」

「很遺憾聽到這種結果……」克雷夫對著蛇姬說道。

蛇姬對克雷夫搖搖頭微笑的表示說：「沒事的，這麼多年都沒來看過我一眼，會有這樣的結果也是預料之中的事。」

肯亞聽見蛇姬說母親都不曾來看過她這句話後才恍然大悟的說：「蛇姬並沒有見過自己的親生母親，所以在蛇姬的腦海中根本不會有親生母親的容貌。如果腦海內沒有任何記憶影像的話，那美樂蒂如何能判定蛇姬的親生母親已經去世？」

老人聽完肯亞的話便上前來到三人面前說道：「不瞞各位，我與美樂蒂是『血族了嗎？」

「邪教！」克雷夫驚訝的說出，隨後又接著問說：「你們不是被西境主教給滅

「邪教？這是怎麼回事？」肯亞問著。

克雷夫轉頭對著肯亞述說：「多年前在西境領地內發生了一場宗教衝突事件，一場由西境內最高主教所發動的屠殺行動。在這場衝突中被視為邪教的部落種族慘遭到滅族之禍，一直到至今還不清楚到底是何種原因讓當時的西境主教下如此重的狠手。」

老人此時嘆了一口氣後說：「我們原本是住在西境領地的血薩部落內，我們這一族人與生俱來就擁有一種名為『血脈』的心靈感知能力，然而這種感知能力也讓西境主教開始注意到我們。原因是由於我們的信徒越來越多，加上有些原本信仰西境主教那邊的信徒轉而投奔信仰我們，種種原因釀成西境主教感覺到他的勢力與地位已經飽受威脅。西境主教利用他當時的龐大勢力將血薩信仰宣導成為是從地獄來的邪教而開始大肆的撲殺我的族人，而美樂蒂的雙親也難逃死劫喪身於這場屠殺之中。我帶著當時只有三個月大的美樂蒂一路逃亡到南境領地，之後就一直隱姓埋名的躲在南境城內。一直到美樂蒂四歲的時候才聽到西境主教駕崩的消息，也聽說新

上任的主教宣布不再排擠其他不同的宗教與部落，這才讓我安心的開始在南境城內經營起幫忙尋人的工作。」

「所以說你也會心靈感知，那請你來幫蛇姬再度確認一次她的親生母親是否真的已經不在這個世上了。」肯亞對著老人請求著。

老人搖頭說：「我們的心靈感知能力會隨著年齡增長而逐漸的衰退，心靈感知的能力早就在我體內消失多年。」

克雷夫低聲對著肯亞說：「我明白老人的意思了，現在初生的美樂蒂是心靈感知能力最強盛的時期。」肯亞聽完克雷夫的話後便看著老人，只見老人對著肯亞點點頭後便閉起雙眼不發一語表示遺憾。

「走吧，別耽誤美樂蒂為其他人服務的時間。」蛇姬冷酷地對肯亞與克雷夫說完後隨即回頭笑著對美樂蒂說：「謝謝妳美樂蒂妹妹，我以後會常常來南境領地看看妳的。」

肯亞此時忽然想起在土爾部落內的貝蒂婆婆，心想自己多年來都是靠著麻煩貝蒂婆婆來幫忙尋找委託任務的獵殺對象，感覺貝蒂婆婆的能力就跟站在面前的美樂蒂如出一轍，說不定土爾部落內的貝蒂婆婆也是血薩一族的倖存者。

「美樂蒂跟大姊姊他們說再見。」老人微笑地對著美樂蒂說，但老人看見美樂蒂只是站在原地低頭看著地板不發一語，看似完全沒有將他的話給聽進耳裡，於是老人表情有點不悅對著美樂蒂說道：「美樂蒂要有禮貌喔！」

克雷夫擔心老人會對美樂蒂發脾氣，於是趕緊笑著打圓場說：「沒事的，沒事的，大家都別生氣啊！」克雷夫說完便從口袋內掏出一袋金幣恭敬的遞給老人說：「非常感謝您與美樂蒂奇人的協助。」

老人對著美樂蒂搖搖頭，只見美樂蒂嘟著一張嘴不悅的對著老人說：「大姊姊的父親才是沒有禮貌！」

原本已經轉身走到門口的蛇姬聽到了美樂蒂的話趕緊停下腳步，肯亞與克雷夫不約而同將頭轉向美樂蒂。

老人摸摸美樂蒂的頭髮後便從鐵盒內拿出一根麥芽糖棒遞給她說：「能告訴爺爺大姊姊的父親是怎樣不禮貌的嗎？」

「他把大姊姊的母親給擋住了，美樂蒂看不到大姊姊的母親。」美樂蒂說完便趕緊從老人手中拿走麥芽糖棒含在嘴裡。

「那就表示蛇姬的親生母親還在這個世上並沒有過世！」克雷夫相當開心，隨後緊接著對美樂蒂說：「那請問美樂蒂奇人，大姊姊的父親現在身在何處？」

美樂蒂拿出口中的麥芽糖棒搖搖頭說：「大姊姊的父親也很奇怪，我看見他一直在一個大圈圈內跟別人打架，還不停的一直在殺人。大姊姊的父親長得很凶狠、很可怕，我不想再看見大姊姊的父親。」美樂蒂說完就繼續把麥芽糖棒給含在嘴中。

「大圈圈？一直在打架殺人？」克雷夫在思索著美樂蒂的話語，不出一會兒便頓悟大聲說出：「競技場鬥士！」

「如此說來，蛇姬的父親現在人在某一個競技場內？」肯亞問著克雷夫。

克雷夫對肯亞點點頭後就轉身問美樂蒂：「請問美樂蒂奇人，現在大姊姊的父親是在哪一個地區內的競技場裡面呢？」

「我不知道，因為大姊姊的父親好可怕，他的神情簡直就像魔鬼一樣。他用他那詭異的雙眼在狠瞪著我，我實在不敢再多看他一眼了，不過我有聽見旁邊很多人都一直在大喊叫他『魔鬥士』。」美樂蒂說完就跑去蛇姬身旁天真的問說：「大姊姊！妳的父親是不是很凶狠啊？」

蛇姬蹲在美樂蒂面前搖搖頭笑著說：「大姊姊已經很久都沒見過自己的父親了，早已經忘記了他的脾氣與性格了。」

「那大姊姊妳去叫妳父親走開，別一直站在大姊姊的母親前面，因為美樂蒂沒辦法看見大姊姊的母親，叫他走開！」美樂蒂小手一揮作勢趕走惹她生氣的人。

老人快步走到美樂蒂旁邊說：「大姊姊剛剛不是才說已經很久沒見過父親了，

大姊姊剛剛所講的話美樂蒂都沒有在聽喔。」

美樂蒂抬頭看著老人堅決的說：「大姊姊可以叫魔鬼走開的。」

「大姊姊的父親不是魔鬼！美樂蒂不可以這樣隨便亂說話！」老人語氣加重叮嚀著美樂蒂。

克雷夫在一旁聽老人與美樂蒂的對話，心想蛇姬的父親應該會知道自己的妻子到底是去了哪裡。還有這些日子以來為何要選擇與蛇姬避不見面，反而讓自己從一名漁夫變成一名經常在生死之間徘徊的競技場鬥士，這裡頭到底有何種原因與因素，看來都只有去問本人才能得知一切。

「整個夏亞大陸只有『中都』擁有最多座競技場，其中有一座名為榮耀的競技場是全夏亞大陸規模最大也是擁有最多角鬥士聚集的競技場地，幾乎所有出色的角鬥士都聚集在此地想一戰成名。既然我們已經知道蛇姬的父親名號為魔鬥士，那我們就出發去中都找這位魔鬥士，然後要他把一切都給說個清楚講個明白。」克雷夫對著肯亞與蛇姬提議出發前往中都的構想。

肯亞覺得克雷夫這個提議不錯，這樣一來就能把所有問題一次解決，也省去大夥兒一直東奔西跑，畢竟目前這些問題都跟蛇姬的父親脫離不了關係，於是轉身對蛇姬說：「直接單刀直入去找產生問題點的人問個清楚！」

蛇姬並沒有回應克雷夫與肯亞的話，肯亞看著蛇姬背影心想蛇姬現在的內心一定很掙扎，是該去找父親還是不該去找父親。因為父親是一位狠心拋棄家庭與妻小的男人，如果真的碰面了那該如何去面對，如果事情不如想像中的話那又該如何去接受。

「我要跟大姊姊一起去中都叫父親走開！」美樂蒂抬著頭對著老人說道。老人一聽到馬上厲聲回應說：「美樂蒂不行去！」

「為什麼美樂蒂不能去？」美樂蒂一臉不悅的發出疑問。

「如果美樂蒂奇人能一同前行那是最好的了。」克雷夫此時覺得如果美樂蒂能一起同行的話，那就能在旅途中運用美樂蒂的感知能力來更加確認所要尋找的人的位置，畢竟要找尋的關鍵人物還有一位，那就是扶養蛇姬長大的老奶奶。

老人一臉擔憂回頭對著克雷夫說：「我這位孫女的體質是屬於虛冷體質，從小就相當懼怕寒冷氣候，所以我才請人運來這特殊的火山岩石當作建材來蓋這間房屋，為的就是能讓我這位孫女能夠在溫暖舒適的環境下成長。她的體質無法自行抵抗寒冷，如果我這位孫女長期離開石屋的話，那她很有可能會喪命於外頭世界的寒冷。」

克雷夫搔搔頭說：「差點忘記美樂蒂會怕冷，看來這件事很麻煩。」

「美樂蒂不怕冷！美樂蒂想跟大姊姊一起去找母親！」美樂蒂開始吵鬧耍脾氣

堅決要參與旅程，但身旁老人依舊是對著美樂蒂搖搖頭表示不肯答應。

蛇姬轉身回頭慢慢走到美樂蒂面前說：「美樂蒂妹妹真的想跟大姊姊一起找母親嗎？美樂蒂難道不怕外面有壞人會有危險嗎？美樂蒂不怕外面有著相當寒冷的氣候嗎？這寒冷氣候可是會把妳的身體給凍壞的喔，這些美樂蒂真的都不會感到害怕嗎？」

美樂蒂用堅決的眼神望著蛇姬說：「美樂蒂不怕！美樂蒂第一次遇到無法心靈感知的人，不論是大姊姊的母親或是父親都無法感知，這種情況還是美樂蒂第一次遇到。所以美樂蒂一定要去查個清楚到底是怎麼回事，如果美樂蒂不去查知了解的話，那美樂蒂耿耿於懷的。」

蛇姬聽完後轉頭看著老人，但老人仍然沒改變心意對著蛇姬搖搖頭，隨後蛇姬開口對老人說：「如果我能改善美樂蒂的虛寒體質的話，那爺爺您是否會願意讓美樂蒂與我們一起同行？」

「妳想改變我孫女的體質？我可是找遍各大名醫都束手無策，妳確定妳有辦法能改善？」老人抱持著懷疑的態度。

蛇姬伸出手臂將老人的手給握住道：「請問您感覺到什麼？」

老人感覺到被握住的手掌忽冷忽熱，心想難道是蛇姬在掌控手心溫度，於是表情驚訝的對著蛇姬問說：「妳能隨意調整身體溫度？」

蛇姬放開老人的手說：「蛇類是冷血動物，體溫長期處於低溫狀態。但有些蛇種卻能抵抗天生體質在炎熱的沙漠中生存，靠的就是與生俱來的特殊調節能力。我能教導美樂蒂學習蛇類的調節能力來改善懼怕寒冷的體質，就看老爺爺您願不願意退一步。」

克雷夫聽見蛇姬願意帶著美樂蒂一起前往中都，於是也趕緊在蛇姬說完話後緊接著對老人說：「美樂蒂也該出去看看外面的世界，這對美樂蒂以後的成長經歷會有相當大的助力。老爺爺請您盡管放心，我們絕對會照顧好美樂蒂，並且會在事情順利完成後盡快返回南境領地，絕對不會讓美樂蒂受到任何一絲損傷的。」

老人皺著眉望向克雷夫與蛇姬，內心則是充滿著糾結與擔憂。老人再轉頭看向站在一旁不發一語的肯亞，卻發現正與自己對望的肯亞準備開口跟自己說話，則趕緊抬起手臂對肯亞示意不必再說，隨後緩緩放下手臂嘆氣道：「也是該讓美樂蒂去學習新事物了，我信任你們，我希望你們能在這段期間內幫我照顧好我的孫女，也希望蛇姬女士能傳授調節體溫的技巧給我的孫女，幫助她在往後的人生旅程上能利用這項能力來改善體質。」

蛇姬對老人點頭表示請老人放心，克雷夫上前邀請老人一同前往中都，但老人表示自己年紀大了不宜長途跋涉，只希望大夥能照顧好美樂蒂就好。隨後三人聽完老人交代一些美樂蒂的生活模式與日常習慣，並等待美樂蒂入房將行李給收拾完畢後，三人就帶著美樂蒂前往南境市集內買了一輛馬車，便從南境領地出發前往夏亞大陸最繁榮的地區——中都。

第九章　競技場中都

「我要向你們致敬！流淌在你們血管內的鮮血！一直在呼喚著想要來場激烈的戰鬥！一直在吶喊著想要一個有價值的對手，來見證你們身上所擁有的傷疤！今天……他們的渴望終於得到了回應，他們的鮮血將沾染對方所站之處！他們是無所畏懼的！他們是令人聞風喪膽的！這些場面還不足以讓他們把手中的劍給放下來！因為他們是競技場內的……決鬥者！」競技場主持人的高亢嗓音讓競技場內呼聲響亮，在這座名為「榮耀」的競技場內擠滿了數萬名的熱血觀眾，整個場面看起來相當的浩大震撼。

「榮耀競技場內有一名相當出色的角鬥士，總共出賽十一場全勝無敗績，這名角鬥士被當地的人們稱為不敗鬥士。

今天是這位不敗鬥士的第十二場戰鬥，我相信在這些人群當中，有一半以上都是想來看看這位不敗鬥士是否能拿下第十二勝。」克雷夫邊說邊在觀眾席安排美樂蒂與蛇姬坐在一起，而自己則是安排與肯亞坐在鄰近蛇姬身旁的位置。

「你說蛇姬的父親就是在這座競技場崛起的？」肯亞問著身旁的克雷夫。

「我去查訪角鬥士經常出沒的地點，並且跟他們打聽以前這座榮耀競技場上確實有一位名為魔鬥士的角鬥士。聽他們說此人相當恐怖威猛，甚至都不敢回想當時他在競技場上殺人的景象。心狠手辣絲毫不給對方一絲尊嚴，手段殘忍不給對方任何存活機會，角鬥士與角鬥士之間會有一個英雄相惜的交戰默契，但在他的身上卻完全看不到。

但當時卻有很多觀眾喜愛他這種凶殘作風，認為角鬥士的戰鬥就是要以死相搏才會精采，勝者生存敗者死亡的結果才是真正的角鬥士競技。觀眾們的喜愛漸漸的讓這名魔鬥士聲名大噪，當時角鬥士界最大的培養商看上了他的獨特戰技，並打算把這名魔鬥士納入自己的角鬥士陣容裡。

「霍爾」，擁有最多名角鬥士的人口販子，出色的角鬥士往往都會讓觀眾相當喜愛與崇拜，而人口販子往往都利用這些出色的角鬥士們來大賺金幣。他們利用角鬥士的高人氣來跟競技場主人提高出席競技場的費用，好來賺取相當大量的暴利。同時也會讓角鬥士們去陪一些出手大方且喜愛擁有威猛體格的好色女子共度一夜春宵，進而收取一些可觀的賣淫金幣。

聽那些角鬥士說，當時霍爾與蛇姬的父親見面交涉，蛇姬的父親對霍爾開出了一個條件。那就是必須每一場的競技戰鬥都要給蛇姬的父親一些強勁的競技對手，這樣才能讓他殺得更有樂趣，他不想一直殺害那些令他感覺太過疲弱的角鬥士。

霍爾覺得這個人的思想已經達到瘋狂程度，覺得這個人相當的恐怖，說不定哪一天會被他反咬一口也說不定。但心裡頭又非常喜愛他那高人氣與他所能帶來的大量金幣，於是開口答應蛇姬父親的條件，四處去發傳單用高獎金誘惑勇者來與蛇姬的父親戰鬥。

霍爾的高獎金誘惑非常成功，不少出色的角鬥士為了高額獎金而來挑戰魔鬥士，但是這些挑戰者都一一的被蛇姬的父親給凶殘殺害，也讓蛇姬的父親在競技場界掀起了一陣肅殺旋風。越來越多的角鬥士聞風喪膽不敢再去挑戰，懼怕蛇姬父親的殘酷作風，到最後再也沒有任何角鬥士敢與蛇姬的父親來進行戰鬥。而蛇姬的父親後來也因為找不到競技對手而與霍爾解約，從此以後蛇姬的父親就消失在中都競技場不知去向。

今天上場比賽的這個人也是霍爾旗下的角鬥士，剛才有直接去找這名角鬥士想來打聽一下霍爾的住處，但不湊巧的是這名角鬥士剛好要出場比賽，所以等這名角鬥士競技完後，我們再一起去拜訪這名角鬥士。最後再去霍爾的居所問霍爾看看知道不道蛇姬的父親後來去了哪裡。」克雷夫向肯亞訴說他在中都酒館打聽到的消息與計畫。

「沒辦法直接打聽到霍爾的下落？」

「打聽不到！霍爾自從蛇姬的父親離開他之後就變成人民公敵。原因竟然是人民將再也看不到魔鬥士血腥的殺戮場面，全都怪在霍爾的頭上，讓被怪罪的霍爾成為過街老鼠人人喊打。而霍爾在不得已的情況下趕緊逃逸躲藏，直到現在也沒有幾個人知道霍爾的正確行蹤。由於我們四人之中都沒有人見過霍爾，也無法請美樂蒂運用感知能力來幫忙尋找，所以只好來找霍爾旗下這位角鬥士詢問。」

「霍爾不是在躲藏，那為何讓自己旗下的角鬥士出現在競技場上，還大搖大擺的掛著霍爾的名號，難道霍爾不怕有人跟我們一樣利用旗下的角鬥士來打探到自己的下落？」

「這個疑問我也問了其他幾位角鬥士，他們的回答是事情已經過了這麼多年，人民早就對排擠霍爾這件事漸漸淡忘了。但他們是說這位角鬥士是霍爾的義子，聽說這位義子會這麼做完全是因為魔鬥士的緣故。

魔鬥士消失在競技場界已經過了許多年，魔鬥士已經被許多人民神化為戰神魔鬥士，被神化為沒人可以擊敗或是超越的人物。而霍爾這位義子就是打算要超越這位神話級人物，且不惜一切後果的告訴人民自己是由霍爾一手栽培起來的，我相信這位義子會這麼做也是打算讓霍爾從回以前的風光榮景，讓霍爾擺脫掉被人民長久唾棄的現況。」

「超越神話級人物……」

「沒錯！而且這位義子還做得很成功，不僅已經十一連勝無敗績，還在從不殺死對手的原則下獲勝。由於這位義子都一直對外宣稱這一切都是自己義父霍爾的教導，也成功的在某種程度上提升了人民對霍爾的好感。」

「嘩！」周圍響起大量的掌聲以及呼喊聲，打斷了肯亞與克雷夫兩人之間的談話，兩人同時發現身旁人群都將目光集中在競技場的講台上，隨後眼睛跟著看過去才發現在講台上站著一位體態肥胖的男子。

肯亞看著這名肥胖男子對著競技場的觀眾揮揮手表示感謝之意，隨後競技場主持人趕緊拿著一件金黃色外衣給胖男子披上，並揮手示意叫後方的侍女趕緊把手中的擴大聲筒給拿來。

肥胖男子從競技場主持人手中接過擴大聲筒後說：「我相信大家現在的心情一定是跟我一樣，就是想知道我們的不敗鬥士『高登』今天是否能拿下他在榮耀競技場的第十二場勝利。我不耽誤大家的寶貴時間，我廢話不多說讓我們開始吧！」肥胖男子說完便把擴大聲筒遞還給競技場主持人。

「我們非常感謝競技場的擁有者為我們開場致詞！現在請大家容許我來介紹今天要與我們的不敗鬥士對戰的對手——『帕克』！」競技場主持人左手臂往左一揮，

原來關閉的競技場鐵門瞬間被拉起，一名體格精壯赤裸著上身的男子從鐵門內走了出來。

「帕克出生於北境領地與西境領地交界處的一座小鎮，而帕克的父親是一名優秀出色的地下競技場鬥士。長大後的帕克更是在父親細心栽培成為地下競技場的常勝軍，並在地下競技場有著『地獄鬼神』的稱號。帕克相當擅長使用長槍以及鋼斧，可以算是一名可近可遠的攻擊型鬥士。」

競技場主持人一說完馬上就聽見噓聲四起，眾多的觀看人群不停的對著站立在競技場內的帕克發出噓聲，並高喊著要帕克別不自量力想擊敗榮耀競技場內的不敗鬥士。

「歡迎完挑戰者帕克之後，就換輪到我們的冠軍出場了。讓我們以熱烈的掌聲來歡迎我們榮耀競技場的不敗人物……『伊恩萊特』！」競技場主持人一說完所有競技場內的觀眾都一致將眼光看往競技場主持人右手所指之處，並且發出相當大的歡呼聲以及鼓掌聲。

肯亞看見從競技場右邊走出一位體型跟自己差不多的男子，頭頂著金黃色短髮，眉目平庸並無特色，體格看起來並沒有挑戰者帕克精壯，雖然與帕克一樣赤裸著上半身並穿著短褲，但就全身的肌肉線條來比較，這位不敗鬥士伊恩萊特就顯得遜色不少。

「今天……天神會眷顧哪一邊呢！是我們的不敗鬥士會奪下第十二勝！還是我們來至地獄的挑戰者帕克會終止掉不敗鬥士的十一連勝呢！這個答案……就讓他們兩人來為大家解答吧！」競技場主持人說完便拿起鐵棒奮力往銅鑼一敲，競技場的觀眾們馬上歡聲雷動，此時在競技場邊的帕克與伊恩萊特也在鑼聲響起後開始往自己後方跑。

肯亞看見兩人同時到達放置在各自後方的武器架，肯亞看到帕克毫不猶豫的用雙手拿起放置在武器架上的長槍後便轉身快步的往競技場中央跑。而另一邊的伊恩萊特也很迅速地選了一把長劍與一面圓形盾牌後也同樣的回頭往競技場中央快步跑去。

兩人跑到競技場中央處停下並對望了一會兒，隨後挑戰者帕克打破了對峙場面發動了攻擊。帕克揮舞著手中長槍發動猛烈攻擊，熟練精湛的槍法瞬間讓伊恩萊特只能用閃躲以及盾牌來做防衛。

肯亞覺得這位挑戰者帕克的長槍武藝相當精湛，是自己所看過使用長槍來戰鬥的人當中屬於最好的一個。如果今天是自己站在競技場上的話，那自己肯定會不敵落敗，而且還會敗得相當迅速。

肯亞認定是武器長度上的劣勢讓伊恩萊特吃足了苦頭，看著伊恩萊特的雙腳不停地往競技場邊緣退，已經接近到快無路可退的地步，看來這位不敗鬥士在選擇武器上就已經先吃了一個大虧。

但是伊恩萊特的眼神卻沒有任何一絲畏懼之意，雖然一直在防禦性的往後退，但是眼神卻一直專注盯著對手帕克。這種銳利的眼神就像是一頭躲在草叢內的雄獅，正用他那肅殺的眼神緊盯著獵物，耐心的在等待著適當時機一躍而出去狠狠咬住獵物的脖子。

帕克持續對伊恩萊特猛攻，伊恩萊特被逼退到競技場牆下。此時帕克看見在牆角下伊恩萊特已經毫無退路，於是橫持著長槍準備來一記長槍刺擊結束掉這場爭鬥。

帕克的槍頭如閃電般的速度向伊恩萊特襲來，只見伊恩萊特嘴角上揚露出淺淺的微笑看著帕克，隨後巧妙的用手中盾牌將襲來的致命槍頭給撥開，再一躍向前迅速往帕克的身體上衝。等帕克驚覺回神時，伊恩萊特手中的長劍早就已經在帕克的脖頸上頭。

帕克丟掉手中長槍表示落敗，伊恩萊特也隨即收回長劍對著帕克鞠躬敬禮表示尊敬帕克這位競爭對手。隨後整個榮耀競技場響起非常熱烈的掌聲與相當大的歡呼聲，聲勢浩大是肯亞一生當中未曾見過的場面。伊恩萊特的衛冕之戰也在歡呼聲中結束，克雷夫也隨即帶著大夥兒一起來到角鬥士的後場休息區與伊恩萊特會談。

伊恩萊特從會談中得知到肯亞一行人想尋找在競技場界消失已久的魔鬥士後就馬上欣然地答應願意幫忙，因為伊恩萊特告訴肯亞他們說自己很想跟這一位被稱為無敵的角鬥士來一場競技。

伊恩萊特在會談中提出要用什麼方法去尋找這一位消失已久的魔鬥士，也告訴克雷夫他們說自己也有在私底下運用人脈與金錢想查出魔鬥士的隱匿處，但都徒勞無功毫無所獲。

克雷夫在會談中告訴伊恩萊特說要找到這位魔鬥士就需要請到他的義父霍爾來幫忙，但伊恩萊特卻告訴大家說養父已經是不省人事的狀態，自己以前也曾詢問過養父這位魔鬥士的來歷與去向，但養父就是不肯清楚的告知實情。

克雷夫順勢跟伊恩萊特稍微介紹了一下美樂蒂的感知能力，表示只需去探查霍爾腦中的過往記憶就能有線索去找人。伊恩萊特一聽解說後很開心的表示終於有機會能尋找到這位魔鬥士，並表示很樂意帶著肯亞一行人去拜訪他的義父。

伊恩萊特帶著大家來到了霍爾的居所，克雷夫看見霍爾雙眼失明並且平躺在木床上，看起來就像是一名臥病在床的病患。曾經風光一時的叱吒人物，如今變成一位生活無法自理的白髮老人。

克雷夫請美樂蒂去床頭邊運用感知能力來查探霍爾的記憶，而克雷夫自己想知道霍爾的雙眼失明是何種原因造成的，於是對著伊恩萊特說出自己的疑問：「是什麼原因讓霍爾變成現在這樣的？」

伊恩萊特看著木床上的霍爾嘆了一口氣說：「養父會變成這樣都是被我害的，養父在尚未不省人事之前曾因為非法販賣人口而得罪過不少人。一直等到養父身旁的無敵鬥士離開他之後，仇家便紛紛想致養父於死地。我記得我在一座石橋下遇見正在逃難中的養父，當時我因為二天沒吃飯而跑去市集偷竊食物，但自己的偷竊手法實在太過於笨拙，當場就被發現而被市集上的大人們瘋狂追打。我飛奔似的趕緊獨自來到了石橋底下躲避大人們的追打，卻湊巧碰見跟自己一樣為了逃難跑到石橋下躲藏的養父。之後我與養父便開始一起相依為命，在四處躲藏的日子中養父也教導我一些防身武藝，更告訴我競技場界的一些黑幕與事蹟。我從養父口中得知不管再如何萬惡不赦的人只要能在競技場內得到眾人的喜愛，那這個人便會瞬間從萬人唾棄的惡人變成眾人喜愛的英雄。只要能夠在競技場內發光發熱，那我與養父就再也不必過這種躲躲藏藏的日子了。」

「我努力的跟著養父習武，也去拜訪觀摩一些地下競技場的比賽與運作，了解到想去大型一點的競技場就必須要先在地下競技場闖出一些名號才行。於是我更加倍努力的勤練武藝，一直到有一晚我認為時機已經成熟了，覺得自己的武藝應該可以去地下競技場闖一闖了，於是我瞞著養父自己獨自去了一間規模不算小的地下競技場報名競技。養父得知這個消息後立刻趕到地下競技場想阻止我的出賽，但養父到達時我已經嚐到了人生第一次的競技場敗績。然而在地下競技場比賽有個潛規則，就是獲得勝利的角鬥士能夠決定落敗角鬥士的生死。而不幸的是我的對手想置我於死地當場就拿起一把大斧頭想取我性命，幸虧當時養父的喊叫聲制止了這名角鬥士的舉動。養父懇求這名角鬥士饒我一命，場邊的觀眾也被養父的舉動給感動而紛紛的吶喊協助，最後這名角鬥士在觀眾們吶喊聲下才點頭表示願意在有條件的交換下放我一馬。養父當時不但被拿走雙眼還被痛打一頓暈了過去，之後就一直到現在都沒有醒來過。這些日子裡我一直在尋找名醫來救我養父，但那些名醫的診斷結果都是說腦部細胞已死無法救治……」伊恩萊特說到這後便眼眶泛紅停止了話語。

克雷夫知道實情後便拍著伊恩萊特的肩膀低聲的說：「所以你就一直照顧霍爾到現在，並且也很努力總算在競技場裡發光發熱讓大家認同你與你的養父，我相信霍爾要是知情的話，內心一定會相當開心並且會以你為傲的。」

「美樂蒂知道了！大姊姊的父親要去一個大城堡裡面！」美樂蒂開心的對著大夥兒說著。

克雷夫趕緊走到床頭邊問美樂蒂說：「有看到大姊姊的父親是去哪一個境地內的大城堡裡面嗎？」

美樂蒂對克雷夫嘟著嘴說：「不是看到的啦，是美樂蒂進去這位老爺爺的記憶裡面，聽到了老爺爺與大姊姊父親之間的對話，大姊姊的父親有告訴這位老爺爺說他要去大城堡裡面。」

「那在這位老爺爺的記憶中，大姊姊的父親有說要去哪一座大城堡裡面嗎？」克雷夫繼續問著美樂蒂。

就在美樂蒂準備回答克雷夫問題的時候，蛇姬忽然感覺到有不少的人影在屋外竄動，於是揮手提醒大家屋外有不尋常的動靜。肯亞趕緊打開手腕上的銀箭開關，並用手指著伊恩萊特要他趕緊抱起在木床上的霍爾，隨後手指著後方木門要大家安靜地從後門離開。

伊恩萊特趕緊背起躺在木床上的霍爾，此時一隻褐色箭桿的箭矢穿透過木窗布簾射在木牆上，讓伊恩萊特趕緊拿起擺放在桌面上的圓形盾牌往後門移動。肯亞率先奪門而出，一踏出門口就發現有四個身穿棕色衣褲的男子在前方不遠處守候。這四位男子一看見肯亞便不約而同的舉起手中武器一起衝了上來，肯亞也不浪費時間做多餘動作，抬起雙臂連射四隻銀箭後便趕緊站在原地左右觀看還有沒有其他敵人。

「賞金獵手！」克雷夫跑來肯亞身旁說著。

「沒錯，快帶著蛇姬與美樂蒂她們離開。」肯亞說完立刻轉身準備接應在後方的蛇姬與美樂蒂，就在肯亞一轉身那一剎那，一位蒙面女子從屋簷上一躍而下壓在肯亞身上。

肯亞被這冷不防的跳擊重壓在地，隨後蒙面女子快速的從腰間抽出一把小匕首朝著肯亞的臉龐刺去。克雷夫驚覺肯亞已經來不及反應並無法閃躲這次的偷襲，反射性的趕緊伸手想去拉住這名蒙面女子並大喊一聲：「不要啊！」

但就在克雷夫剛碰觸到蒙面女子的手臂時，克雷夫突然看見蒙面女子的雙眼已經翻白，身體動作也停留在舉著匕首的狀態下。

克雷夫覺得相當疑惑，為何蒙面女子會突然停止了刺殺動作，就在克雷夫還在疑惑的時候，肯亞已經趕緊起身並把蒙面女子給奮力推開。

蒙面女子被肯亞給推倒在地，倒地的同時一條青綠色的小蛇也從蒙面女子的脖子上爬出，這時克雷夫才發現倒臥在地的蒙面女子原來是被蛇姬所放出的小青蛇給咬到，才會呈現出全身麻痺的狀態而無法對肯亞做後續的刺殺動作。

「左右兩側各來了不少人，快跟我來！」伊恩萊特對著大家說完後便往左方農村跑去。肯亞聽完也馬上對著大家點頭示意叫大家趕緊跟著伊恩萊特撤退，隨後一行人也迅速跟著伊恩萊特朝著農村方向前進。

「別讓他們給跑啦！」肯亞回頭看見一名留著絡腮鬍的中年男子拿著一把大彎刀站在房屋門口大喊，隨後在中年男子的左右方向出現了十幾位的蒙面人。

肯亞看見這十幾名蒙面人用相當快的腳程追趕而來，一看就知道這十幾名蒙面人個個都身手矯健。心想如果真的被這十幾名蒙面人追上而發生打鬥的話，那人數處於劣勢的我方，處境肯定會相當的危急，嚴重的話可能會有超出預判的傷亡情況發生。

肯亞看著前方農村還有一段路程，蛇姬因為牽著美樂蒂所以移動不快，加上伊恩萊特背著霍爾也跑不快。要是持續照目前的速度肯定會被後方追趕而來的蒙面人給追上，心想這樣下去不是辦法，必須拖延蒙面人的時間才能夠讓伊恩萊特帶著蛇姬他們順利的進入農村避難。

肯亞左右觀看道路兩旁種植了許多株的樹木，心想可以善用這片樹林來偷襲後方的敵人。隨即低頭檢查一下護腕上的銀箭數量並且重新裝填，隨後停下腳步決定獨自一人進入樹林打游擊戰來拖延一點時間。

「肯亞你要去哪啊？」克雷夫回頭看見肯亞已經脫離隊伍獨自往路旁右側的樹

林方向跑去，於是趕緊對著肯亞大喊。但肯亞依然快步的往樹林方向奔跑並沒有回頭理會克雷夫，於是克雷夫準備再大喊一次來試著叫住肯亞，就在克雷夫準備大喊說話時忽然感覺有一隻箭矢從自己的鼻梁前呼嘯而過，克雷夫當場嚇得把要對肯亞說的話給卡在咽喉內。克雷夫回頭察看後方那群蒙面人正在漸漸拉近距離，只好顧不得肯亞的安危繼續跟著伊恩萊特往農村方向跑去。

此時一名蒙面人在移動中拉弓對準克雷夫的背部，就在蒙面人準備放出箭矢的時候，卻被一支破風而來的銳利銀箭剛好不偏不倚的正中蒙面人的眉心。

帶領著這群蒙面人的頭目也很快就發現是肯亞躲在樹林間偷襲，於是舉起手臂朝著肯亞躲藏的方向一揮，馬上就有五名蒙面人立即放棄追趕準備逃進農村的克雷夫一行人，轉而朝著肯亞躲藏的樹林方向奔去。

克雷夫回頭看見這群蒙面人兵分兩路追擊著所有人打算一個都不放過，到底這些蒙面人是誰派來的，又為何這群蒙面人要如此這般凶狠的追殺，種種不明原因讓克雷夫頓時相當疑惑。

「美樂蒂跑不動了啦！」美樂蒂湊巧在此時停下，克雷夫趕緊收起思索情緒急促的對美樂蒂說：「快到前方農村了！美樂蒂再努力一點點好嗎？」

「不好！」美樂蒂一臉不悅的嘟著嘴站在原地，克雷夫趕緊回頭望一下看著後頭的蒙面人越來越接近，心想目前也只能背著跑不動的美樂蒂了，於是立即回頭抱起美樂蒂。但此時在克雷夫的背後飛來一把長矛，眼看這把飛天長矛就要刺進克雷夫後腦勺的同時，伊恩萊特已經來到了克雷夫的身邊並用手中盾牌替克雷夫擋下了這次致命的攻擊。

「帶著我的義父先逃進農村，我來阻擋這些殺手。」伊恩萊特冷靜的說完便放下背上的霍爾讓克雷夫攙扶著。

「我也留下幫忙抵擋一陣子。」蛇姬將美樂蒂的手推到克雷夫手邊，克雷夫點頭後趕緊牽起美樂蒂的手並攙扶著霍爾身子繼續往農村移動。

「美女，前方有這麼多人，我可是沒空幫妳。」伊恩萊特彎腰撿起地面上的長矛後說著。

蛇姬臉露微笑的回答說：「你放心，你忙你的不用分心照顧我。」伊恩萊特也面帶微笑的對著蛇姬點點頭，隨後兩人一起慢慢向前移動準備迎接跑在前頭的三位蒙面人。

這三位蒙面人看見伊恩萊特與蛇姬迎面走來的時候就各自左右散開，採取三角形陣勢包圍住伊恩萊特與蛇姬。左右二名蒙面人快速的拔出彎刀，二話不說直接朝伊恩萊特迅速的砍去。只見伊恩萊特快如閃電的用盾牌先撥開左方蒙面人的彎刀後右手臂往右方一伸，右方蒙面人的胸膛瞬間就被矛頭給刺穿。

左方蒙面人站穩身子後立刻又揮出彎刀展開第二波攻勢，伊恩萊特側身一轉閃躲過彎刀，隨後大腳一踢便把蒙面人給踢倒在地，再用左手盾牌狠狠的往倒在地面上的蒙面人腦袋一砸，蒙面人痛苦的哀號一聲後，立刻就斷絕氣息、魂歸九泉。

眼見兩名同伴都被擊殺，站立在中央處的蒙面人轉而對蛇姬發動攻勢。雙手甩出兩把流星錬鎚，甩動幾圈後便朝著蛇姬的腦袋丟去。只見蛇姬不慌不忙優雅的向左移動兩步閃避流星錬鎚，隨後右手輕輕的往前一拋，一條青綠色的小蛇立即從袖口疾飛而出。

蒙面人閃避不及直接被青綠小蛇咬住眼睛，下意識的趕緊抓住青蛇的身體奮力一拉，結果這一拉卻把自己的眼球給拉了出來。蒙面人痛得在地面上打滾並發出痛苦慘叫聲，過了一會兒蒙面人便全身發紫躺在地上沒了性命。

就在蒙面人倒地的同時，伊恩萊特用眼睛餘光看見屋簷上站著另一位蒙面人正拉著弓箭，而箭矢所瞄準的方向正是義父霍爾與克雷夫的所在方向。於是慌張的趕緊回頭想大喊一聲來通知克雷夫小心背後冷箭，但沒想到正要喊出警告聲音時，卻看到一支冰冷箭矢快速的掠過自己的視線，最後安靜的停留在霍爾的背部心窩處。

伊恩萊特不敢置信眼前的景象，隨後憤怒地丟出手中長矛將屋簷上的蒙面人給射殺。

伊恩萊特丟下手中盾牌快速地朝義父霍爾的方向跑去，但此時蛇姬卻發現這些蒙面人並沒有再發動攻勢，反而還相當有規律的集中站立在留著絡腮鬍男子的背後。隨後絡腮鬍男子拿出一張紙張看了一眼後便滿臉得意的哈哈大笑了起來，背後眾多的蒙面人隨即各自散開消失不見。絡腮鬍男子收起了紙張看了蛇姬一眼，隨後扛著大彎刀轉身朝著北方離去。

蛇姬心想這些蒙面人竟然放棄追殺而選擇撤退，看來這些蒙面人想獵殺的目標並不是自己或是其他人，這些蒙面人的獵殺目標竟然是已經失去行動能力的霍爾，到底是誰想狠心殺害連吃飯都無法自行打理的昏迷老人。

「雇用了大量的賞金獵手就只是為了殺一個人，這麼大手筆就是為了能殺掉霍爾，看來發出委託的這個人一定有什麼要命的把柄在霍爾手上，才會如此的勞師動眾想要讓霍爾看不見明日的太陽。」肯亞看見蒙面人撤退後便來到蛇姬身旁說著。

蛇姬回頭看見伊恩萊特抱著霍爾的身體號啕大哭，看來那隻奪命箭矢最終還是取走了霍爾的性命，於是表情悲傷的對著肯亞說：「知道這位神祕人是誰嗎？」

肯亞牽起蛇姬的手說：「走吧！我們去問看看他們願不願意跟我們一起去找這位神祕人。」

第十章 真相

土爾部落內飄起濛濛細雨，貝蒂婆婆緩慢的走到窗戶邊將木窗關上，此時從門外傳來一陣陣的敲門聲。

「今天沒有營業！請回吧！」貝蒂婆婆拉來一張木椅坐了下來。但敲門聲並沒有停止，反倒是被敲得更為激烈。

「是誰啊！別再敲啦！木板都快被你給敲壞啦！」貝蒂婆婆表情無奈的起身走到木門前將門扉給開起。

「原來是你啊肯亞，下次敲門請記得別敲得這麼用力。外頭在飄雨了，先進來坐一下吧！」貝蒂婆婆看見肯亞頭髮已經濕透，隨即側身讓出一個空間好讓肯亞能走進屋內。

「奶奶！您怎麼會在這裡？」貝蒂婆婆看見蛇姬在肯亞身後出現，而在蛇姬背後跟著三位不熟悉的人士。

「貝蒂婆婆是妳奶奶！」肯亞相當驚訝的問著蛇姬。

「沒想到你還是不聽我的勸告去尋找水滴項鍊的主人，唉……都先進屋子內再說吧！」貝蒂婆婆緩慢的往屋內走，後頭一行人也緊跟著進入屋內。

「奶奶我好想妳！」蛇姬進屋後便衝上前去擁抱住貝蒂婆婆。

貝蒂婆婆撫摸著蛇姬的頭髮微笑的說：「奶奶也很想妳。」

「奶奶當年為何要拋棄我？為何都不來找我？」蛇姬流淚問著貝蒂婆婆。

「難怪貝蒂婆婆您會阻止我去尋找蛇姬，還以我若不聽勸告執意去尋找的話就會喪命的語氣來恐嚇我。原來當時您看到那條水滴項鍊就理解到我所要獵殺的對象就是您的孫女，因為您知道這條水滴項鍊就是您孫女所配戴的隨身之物。」肯亞邊說邊拉了幾張木椅分別給了克雷夫、伊恩萊特與美樂蒂。

「美樂蒂肚子餓了！」美樂蒂說道。

貝蒂婆婆拍拍蛇姬的肩膀說：「這位小妹妹好可愛，我去拿些食物給你們墊墊肚子，你們先坐一下稍等一會兒。」

不久後貝蒂婆婆端出了一大盤食物放在桌面上，美樂蒂隨手就拿起一條麵包開心的在一旁吃了起來。

「真是可愛的小妹妹。」貝蒂婆婆看美樂蒂吃麵包的模樣真是可愛，接著轉頭問肯亞說：「看來你不是因為得知我是蛇姬的奶奶才帶著蛇姬來土爾部落的，說吧！你帶這一群人來找我是為了什麼事？」

肯亞指著伊恩萊特說：「我們在中都被一群賞金獵手追殺，這位鬥士的義父當

時被這群賞金獵手給殺害，而這群賞金獵人都是被同一個委託主所雇用。」

「所以你要我來幫你尋找這位委託主？」貝蒂婆婆拿起一塊麵包遞給了蛇姬說：「奶奶等等再跟妳好好談談，妳願意談嗎？」

肯亞看見蛇姬點頭答應後繼續說道：「我當時在樹林中抓住了其中一位來追殺我的賞金獵手，經過我的嚴刑拷問後得知，委託這群賞金獵手的人在北境境內。我這次前來就是想問您在最近這一陣子有沒有聽聞到任何風聲或是情報，畢竟要同時委託這麼一大群的賞金獵手必定要花費不少時間在訊息的收送上才對。」

「原來這次是召集去中都，我還在擔心以為他是得知了什麼消息才會有如此大的動作。」貝蒂婆婆走到木桌邊拿起水壺倒了一杯水放置在蛇姬桌前。

「他？」肯亞說完後在後方的伊恩萊特立即起身說道：「麻煩婆婆您告知我到底是誰指派這些賞金獵手去刺殺我義父的。」

貝蒂婆婆看著伊恩萊特說：「我的確是知道這群賞金獵手是誰雇派去的，但我心裡頭納悶的是派了這麼多位賞金獵手就只是為了殺一個人，看來你的義父一定跟他有著很大的過節或是握有重大祕密，不然他不會有如此大的動作，請問你的義父有來過北境領地嗎？」

「我義父多年前就已經失去了行動能力昏迷不醒，所以義父至少在近幾年內都沒有到過北境領地。」伊恩萊特說。

貝蒂婆婆皺著眉頭低聲自語的說：「喪失行動能力以及多年來昏迷不醒，這就更難說得通了，那到底他派這麼多位賞金獵手遠去中都獵殺你義父的這個舉動是為了什麼呢？」

克雷夫坐在一旁看著正在思考中的貝蒂婆婆，心想要是繼續讓貝蒂婆婆思考下去的話，那可能會拖延很多寶貴時間，於是緩緩的從木椅上起身對著貝蒂婆婆說：「貝蒂婆婆！您已經說了很多次『他』了，這位雇主到底是誰能直接的告訴我們嗎？」

此時肯亞也接著說：「是啊。貝蒂婆婆，您就快告訴我們吧！您的孫女蛇姬等等還有好多事要問您呢！」

貝蒂婆婆轉頭看著蛇姬，隨後走到後方拿起水壺替自己倒了一杯水後回到木桌旁坐下後緩緩說：「我說個故事給你們聽，這是發生在東方一座小鎮上的故事。二十幾年前，鎮上的一名漁夫拜別了家中母親後便搭著漁船出海捕魚。二天後漁夫回到家中跟母親說他這二天在海岸邊的遭遇，但母親聽完後卻是覺得是自己的漁夫兒子在瘋言瘋語，因為漁夫兒子告訴了他的母親說他碰見了傳說中的『海蛇』。隔天深夜漁夫帶著家中母親來到了海岸邊，說是要讓母親親眼看看傳說中的海蛇，另一方面也是要向母親證實自己並沒有說謊話。然而當時母親在海岸邊看到的是一位妙齡女子並非傳說中的海蛇，經過漁夫兒子的解說後才得知海蛇是半人半蛇的型態。外表雖是人類型態，但體內卻擁有蛇性的靈魂，漁夫告訴母親說這就是海蛇的能力。」

「這位漁夫兒子告訴自己的母親說自己在海岸邊準備出海捕魚時遇見了受了傷的海蛇女子，當時這位海蛇女子全身赤裸並且已經呈現昏迷狀態。漁夫好心的將海蛇女子給抱到自己的漁船上休息，並用自己的隨身衣物將海蛇女子的身體給遮蓋住。過了不久漁夫終於等到海蛇女子醒來，然而海蛇女子一醒來看見漁夫後馬上表情憤怒的用雙手去掐住漁夫的脖子。漁夫被這舉動給驚嚇到，趕緊奮力撥開海蛇女子的雙臂後便立即跑到漁船外頭。漁夫以為跑到漁船外就能暫時擺脫掉海蛇女子的無理舉動，就在漁夫跑到上氣不接下氣放慢腳步的時候，海蛇女子忽然的出現在正在奔跑中的漁夫面前。漁夫嚇得膽子都快破了，深怕眼前這位海蛇女子會再度對自己施暴，於是決定先下手為強準備先行攻擊海蛇女子。就在漁夫即將攻擊海蛇女子的時候，海蛇女子卻迅速的用雙手抓住了漁夫的頭顱，隨後海蛇女子用自己的額頭去輕微碰觸漁夫的額頭。漁夫在與海蛇女子額頭接觸過後才明白眼前女子是傳說中的海蛇，海蛇女子無法言語，所以只能透過與對方的額頭碰觸來傳遞所要表達的話語與情感。漁夫後來才得知海蛇女子當時掐自己脖子的舉動是出自於自衛，因為海蛇女子就是被海上的船員給襲擊才會受傷，最後獨自逃到海岸邊時卻因暈眩才昏迷倒地。」

「漁夫想帶海蛇女子回家中休養身子，但海蛇女子以自己不能離開海水太久的理由婉拒了漁夫的好意。漁夫帶家中母親看完海蛇女子之後就把海蛇女子給暫時安頓在自己的漁船內休養。漁夫每天都會送一些食物以及飲用水去漁船上給海蛇女子食用，也會經常用額頭互相碰觸的方式來與海蛇女子聊天，就這樣日復一日漸漸的培養出人類與海蛇之間的愛戀情感。」

「轉眼間經過了三個月多，這些日子以來漁夫整個人越變越奇怪，經常亂發脾氣大吼大叫，甚至還胡言亂語的說有人想殺害他，整個人漸漸的陷入精神錯亂的狀態。某一天晚上漁夫母親看見自己兒子瘋言瘋語的衝進屋子內，手裡頭還握著一把沾染著血液的小刀。經過漁夫母親的逼問才得知自己的兒子竟然拿著小刀跑去漁船上刺殺海蛇女子，嚇得漁夫母親趕緊跑到海岸邊的漁船上察看海蛇女子的傷勢。漁夫母親來到了漁船上發現到海蛇女子已經奄奄一息的倒臥在船板上，隨後便看見在海蛇女子的腰部上有一道很深的刀傷，於是趕緊用手按住海蛇女子受傷的腰部想來止血，但卻看見海蛇女子對著自己微笑的搖搖頭。海蛇女子透過額頭碰觸來告訴漁夫母親說自己的肚子裡懷有漁夫的骨肉，希望漁夫母親在往後日子裡能夠幫忙將孩子給扶養長大。海蛇女子說她很感謝漁夫在這些日子以來對自己的細心照顧，雖然她不知道到底是什麼原因讓漁夫狠下心來刺殺她，但她卻一點都不會去怨恨漁夫，然而她也希望漁夫母親別因為這件事而去責罵漁夫。漁夫母親對海蛇女子訴說自己感到很自責沒管好自己的兒子，並答應海蛇女子一定會將小孩給扶養長大。海蛇女子得知漁夫母親的回答後感到相當開心，隨後海蛇女子運用自身能力讓自己順利的產下一位小女嬰。」

「海蛇女子告訴漁夫母親說因為小女嬰太早脫離母體，很有可能會因為太過於虛弱而夭折，所以往後需要多用點心思來照顧，隨後緩緩抱起了女嬰兒遞給了漁夫母親。漁夫母親抱著女嬰看海蛇女子越來越虛弱，傳遞訊息也呈現出斷斷續續的現象，心中不忍眼眶泛紅流下了傷心的眼淚。海蛇女子輕輕地擦拭掉漁夫母親臉上的淚水，微笑的請漁夫母親幫她最後一忙，就是把她的身體給丟入大海之中。漁夫母親含著淚水點頭答應海蛇女子的請求，用盡力氣的將海蛇女子的身體開始往漁船外推。海蛇女子回頭深情的看著正在哭啼的小女嬰，眼角邊不經意地留下了一滴眼淚，就在這滴眼淚掉落在木板上的同時，漁夫母親也一鼓作氣地將海蛇女子給推入到了大海之中。」

「漁夫母親將海蛇女子給推入海中之後便癱坐在漁船上哭泣，哭了一會兒後漁夫母親情緒較為平復時就起身準備離開。就在漁夫母親準備離開漁船時卻看見船板上有一顆水滴形狀的藍色寶石，於是隨手撿起了這顆水滴寶石後便抱著女嬰離開了漁船。返家後的漁夫母親四處都找不到自己的兒子，經過村民的口頭描述才得知自己的兒子已經逃出鎮外。漁夫失去行蹤已經多達十幾年的時間，但漁夫母親始終沒有放棄尋找兒子的念頭，在經過漁夫母親多年的努力收集情報下，最後漁夫母親終於調查到自己的兒子目前人在北境領地內。」

「漁夫母親將自己的孫女先暫時寄放在友人家中，自己則是獨自一人來到了北境領地。漁夫母親利用金錢買通了一位衛兵來幫忙傳送信件，最後終於在北境領地的一處郊外與自己的兒子見了面。漁夫母親告訴兒子說自己並不會去怨恨漁夫這十幾年來的棄養與不告而別，漁夫母親只想知道漁夫為何原因要去殺害海蛇女子，為何能狠下心來殺害如此愛護自己的女人，就連死前也毫不責怪你所做行為的女人。」

「漁夫當時並沒有清楚的說明正確原因，只是輕描淡寫的說出是為了自保才會在當天晚上跑去漁船上殺害海蛇女子。漁夫母親相當不滿意漁夫的說詞，也沒想到漁夫竟然跑來北境領地當上了邊境城的皇家護衛，內心憤怒想著自己的兒子是否是因為名利誘惑的關係才會去殺害海蛇女子，於是漁夫母親一氣之下便當場開始責罵起漁夫。漁夫並不理會自己母親的責罵並轉身準備離開，漁夫母親見狀後趕緊拿出水滴項鍊告訴漁夫如果不知悔改的話便會有人配帶著這條水滴項鍊來復仇。漁夫斜眼看了一下水滴項鍊，隨後微笑地說從今以後只要看見誰敢配戴這條水滴項鍊那誰就得死。」

「漁夫母親不敢告訴漁夫兒子當時海蛇女子產下一女，強忍著怒火眼睜睜的看著自己的兒子得意的離開。漁夫母親回到家中後便將水滴項鍊給偷偷放置在正在熟睡中的孫女胸前，而自己則是又回到北境領地上並在離邊境城不遠處外的一座小部落內定居。」

「貝蒂婆婆妳就是漁夫的母親，貝蒂婆婆妳能告訴我們是因為什麼原因而讓妳選擇要待在土爾部落內，又為何原因讓妳這麼多年以來都不去東海鎮跟妳的孫女蛇姬來見面？」肯亞向貝蒂婆婆提出疑問。

「所以妳兒子目前一樣還是在邊境城內當皇家護衛嗎？」克雷夫聽見肯亞發問後也趕緊提出自己的疑問。

貝蒂婆婆嘆氣的說：「我會待在土爾部落是因為能夠比較方便監視自己兒子的一舉一動，因為我的兒子打聽到我有在撫養一位小女孩，讓他懷疑說我身邊這位小女孩到底是誰家的小孩，於是他開始有了打算調查這位小女孩的念頭。我得知消息以後就趕緊連夜離開孫女，並安排讓我的一位好友去幫我認養我的孫女，並希望我的好友以女兒的稱呼來叫我的孫女。幫孫女找好臨時媽媽後，我就一直想要找機會去教訓我這個殺人兇手的兒子，以防我這個孫女往後會慘遭兒子的毒手。但是我這個兒子後來就一直待在邊境城內不出城，而且我這個兒子這十幾年來不但沒過出城門，竟然還用了殺害舊城主與強佔公主的手段順利地當上了邊境城城主的位置。」

「妳兒子是邊境城城主！」肯亞驚訝的大叫一聲。

克雷夫托著下巴一臉疑惑地說：「利用皇家護衛的職務之便來靠近城主身邊再將其殺害這點我倒是不會感到有不解之處，令我感到相當疑惑的是，邊境城舊城主當年不是因為舊疾復發死亡的嗎？為何婆婆卻是說舊城主是被自己的兒子所殺害的。再說殺害城主是何等重大的事情，這種重大事件怎麼我以前都沒聽聞過呢！」

貝蒂婆婆面對克雷夫說道：「只要控制好舊城主的女兒，那誰又會去懷疑舊城主自己的親生女兒會對大眾百姓說謊話呢！」

「原來是挾持邊境城公主來對大家宣布說舊城主是舊疾復發而亡，而自己再利用與公主結婚的方式來順利當上城主的繼承位置，這樣既能脫離殺害城主與背叛忠誠的罪刑，還能以萬民擁戴的方式榮耀的當上邊境城城主，看來你的兒子的心思與手段真的是很可怕。」克雷夫說。

肯亞滿臉憤怒的接在克雷夫的話語後頭說：「可怕的不只是這些，你不是想知道到底是誰委託我來刺殺蛇姬的嗎？我的委託主就是邊境城城主，他連自己的親生女兒都想殺害，這真是太令人無法容忍了。」

貝蒂婆婆走到伊恩萊特的身旁對伊恩萊特說：「那些去中都獵殺你養父的賞金獵手是我的兒子所委託的，只是我一直不明白我的兒子為何要委託這一群賞金獵手去圍殺一位已經失去了行動能力的老人。我想請問你一個問題，你的養父是否有告訴過你有關於我兒子不為人知的事情？或者是握有一些足以威脅到我兒子的任何事證？」

伊恩萊特思考了一會兒說：「我的義父相當的欣賞你兒子的武藝，一直對我說你兒子是他這輩子所看過最優秀的一位鬥士。我沒聽我義父說過你兒子過去的事情，一直到他陷入昏迷無法行動之前仍是相當的掛念著你兒子，好像他失去了一位優秀將才而抱憾終身似的。」

「我了解我兒子，他不會去做對他自己沒有任何意義或幫助的事情。他會委託這麼多位賞金獵手去刺殺你義父，一定就是怕你義父會拿出任何不利於他的事證或是洩漏口風之類的舉動。」貝蒂婆婆皺著眉頭說道。

伊恩萊特憤怒的握緊拳頭說：「原來是魔鬥士派人殺害我義父，這筆帳我一定要找他算！」

「魔鬥士，這名稱由何而來？」貝蒂婆婆問著伊恩萊特。

伊恩萊特回覆貝蒂婆婆說：「我的義父是一位人口販子，專門與一些擁有大型競技場的那些大富人交易做生意，做的就是與這些競技場主子交換角鬥士或是販賣角鬥士的事。你的兒子在十幾年前曾在我義父身邊當一名角鬥士，由於武藝出眾擊敗了不少各大競技場的好手而聲名大噪，後來那些競技場的觀眾便幫他取名為魔鬥士。但魔鬥士卻在他名氣最鼎盛的時期離開了中都競技場，這麼多年來都沒有人知道魔鬥士去了哪裡，整個人就像是蒸發了一樣消失得無影無蹤，一直到現在才知道原來他跑來北境領地當上了邊境城城主。」

「原來他殺害海蛇女子後的那段時間是跑去中都當角鬥士，最後靠著高超武藝當上了皇家護衛，再慢慢暗地裡進行當上邊境城城主的邪惡計畫。」貝蒂婆婆恍然大悟說道。

蛇姬此時起身說：「奶奶，我要去邊境城內找他，我要問問他到底為什麼要殺害我的母親。」

「我也要去找他！我要去問問看他為何要殺害我義父！」伊恩萊特憤怒的拍著桌子說道。

貝蒂婆婆表情無奈的說：「他這幾年來都不曾出過城門，就連想晉見他的人都要經過嚴格的檢查。他是靠著殺害舊城主才登基的，所以他這幾年來疑心病都很重，深怕哪一天有人學習他用殺害他的方式來篡位當城主，所以要是沒有好的計畫是不可能見得到他的。」

「邊境城乃是第一大城，兵力雄厚自然是不在話下。就算當真讓我們混進邊境城內刺殺成功，但想要在龐大兵力的情況下安全撤退逃出來，這事恐怕也是不太容易辦到的。」克雷夫聽貝蒂婆婆說出困難點後緊接著開口說出自己認為的第二個困難點。

「難道都沒有別的法子了嗎？」伊恩萊特焦急的說。

大家聽完伊恩萊特的話語後沉默不語的對望，看似都在渴望著誰能提出個好辦法來。此時肯亞起身看一看沉默不語的大家後說：「既然我們無法深入虎穴，那我們就來引蛇出洞。」

在北境領地與西方領地的交界處有一座大瀑布，這座瀑布是全夏亞大陸上最大的瀑布。瀑布的總面積相當廣大，高低落差的地形幾乎隔絕了北境領地與西境領地的交接土地，所以很早之前雙方的境地之主達成共識，以這座大瀑布作為雙方領地的區分線，這項劃分區塊的協議一直沿用到目前尚未改變。

邊境城主隻身行走大瀑布前方一處草原上，行走不久後便在草原中央處看見一道熟悉的身影倚靠在一棵大樹上，隨後慢慢走近大樹旁對著熟悉身影說道：「看來北境獵手肯亞除了性格豪爽不拘小節之外，就連委託完成後的付款方式也與別人與眾不同。」

肯亞站直了身軀面向邊境城主說：「我領取委託酬勞的方式本來就與別的賞金獵手不同，這次勞駕城主來這裡是想跟城主確認一些事情，不知是否能耽擱城主一些寶貴時間？」

「我不太喜歡問題太多的人，我也不太喜歡回答別人問的問題。不過我現在心裡倒是挺好奇的，一位北境的賞金獵手究竟是想跟我確認何事。說吧！趁我現在好奇心還在的時候。」邊境城主雙手環繞至後方等待著肯亞的問話。

「城主，你尚未當上邊境城主之前是一位競技場鬥士，而在尚未去中都當競技場鬥士之前則是一名漁夫，還有城主你的名字是叫做『貝洛特』沒錯吧？」肯亞雙手交叉在胸前說著。

邊境城主微笑的回答說：「看來你在執行委託任務的這段時間內調查了我的過往經歷，你剛所說的都沒錯，我的名字的確是叫貝洛特，漁夫出身而且也當過競技場鬥士。我不訝異你如何能夠得知我的過往，我只想知道你確認這些事情到底是有何用意。」

「能告訴我你為何要離開東海鎮的家？還大老遠地從東海鎮跑到中都去當角鬥士？最後又為什麼會選擇來到北境領地？」肯亞邊說邊把身上的披風給卸下。

貝洛特雙眼凝視著肯亞目前的一舉一動，隨後自己也將披在背上的斗篷給脫下放在手肘上後說：「看來你今天約我前來不是只有問話而已，你的眼神看起來充滿肅殺之氣。如果我猜的沒錯的話，今天約我來此地並不是因為你古怪的收費方式，而是你因為某種原因而故意引我出邊境城，好讓我陷入像現在這樣單身一人毫無援兵的困境。然而你已經事先在此地安置了許多位得力幫手，而前來幫助你的這些幫手會在等你問完話後便會一擁而上的來包圍著我，之後我的處境就可想而知了。不知道我的這些猜測是否準確，也不知道你的這些得力幫手是否都躲在你後方的那些大石塊後面。」

肯亞此時心裡雖然想著為何貝洛特城主會知道在自己後方那些大岩石下躲著克雷夫一行人，但臉上表情卻表現得不以為意的說：「既然都被你猜中了，那我們就沒有再躲藏的必要了。」肯亞說完後在後方躲藏的克雷夫一行人就都走出岩石躲藏處來到了肯亞身旁。

「一二三四五，總共五個人。」貝洛特用眼神數了一下肯亞一行人的總人數後笑著說道：「你們如果沒有相當有準備的話，光想靠我眼前這五個人來制服我可是有相當大的難度喔！」

肯亞也微笑的看著貝洛特說：「不虧是競技場上的神話人物，果然有強者風範，面對人數上的劣勢也絲毫感受不到恐懼的氣息。」

貝洛特並沒有急著想知道肯亞的用意，貝洛特等肯亞說完後後便開始觀看站立在肯亞身旁的其他人。

貝洛特先看見站立在獵手肯亞右手邊的商人克雷夫，隨後是在最右邊也是身高最為高大的角鬥士伊恩萊特。之後再將眼神轉至肯亞左手邊的矮小神童美樂蒂，最後才將雙眼停留在最左手邊的海盜蛇姬身上。

「我在妳身上感受到一股熟悉氣息……」貝洛特停頓了一會仔細地觀看著蛇姬容貌與脖子上的水滴項鍊後繼續說出：「妳就是這條項鍊的擁有者，看來獵手肯亞被妳馴服反過來幫妳。這下我可都明白了，原來今天是我反變成被委託的獵物了。」

蛇姬上前一步說：「你為何要殺我母親？」

「妳母親？妳母親是哪一位？我已經很久沒有出手殺人了。」貝洛特回答道。

肯亞手指著蛇姬說：「二十幾年前你在東海海岸邊的漁船上殺害了一位來至大

海之中的海蛇女子，如今這位海蛇女子的女兒來找行凶之人要來問清楚原因，這也是今日我騙誘你出邊境城的最主要原因。」

「我的確在二十幾年前殺害了一位海蛇女人，雖然妳的容貌與她非常相似，但我還是抱持著相當懷疑的態度。因為我與這位海蛇女人相識不足四個月，在這麼短的期間內這位海蛇女人不可能產下一名女嬰，所以我很難相信眼前這位美艷女子就是我的女兒。」貝洛特看著蛇姬說道。

「她確實是你的親生女兒！」貝洛特聽見後方傳來熟悉的嗓音，於是笑著回頭說道：「連母親您也跑來加入，你們花費這麼大的心力誘使我出邊境城，就是要我來聽聽你們所編織出來的笑話嗎？」

貝蒂婆婆搖搖頭說：「那天晚上我聽見你殺害海蛇女子後便趕緊跑去漁船察看究竟，那時海蛇女子的確被你傷得很重但是人還未氣絕。海蛇女子當時用盡了全身的能量保住了女嬰，但自己卻因為能量耗盡而葬身海中。你那天晚上跑去漁船刺殺海蛇女子後便消失無蹤，我便獨力撫養這位女嬰一直到得知你的下落為止。在這些期間內我一直在防止你透過任何管道來得知你有一位女兒，但事情終究還是紙包不住火的爆發了出來，你難道沒發現到她跟海蛇女子的容貌很相似嗎？」

「哈哈哈……」貝洛特聽完貝蒂婆婆的話後便整個人開始大笑了起來。

「笑什麼笑！給我說出你為何要派人殺害我義父！」伊恩萊特看見貝洛特在開懷大笑後便怒氣騰騰的對著貝落特大喊。

貝洛特收起了笑容看著伊恩萊特問道：「你義父？」

「霍爾！我義父名字是霍爾！你派了好幾位賞金獵手去中都刺殺他，我現在就告訴你我來此的原因！我來此的就是為了殺了你來替我義父報仇！」伊恩萊特怒氣到了頂點，立即從背上抽出長劍與盾牌擺出了戰鬥姿勢。

「哈哈！看來都是為了復仇而來的，來吧！都一起上吧！我可沒太多時間陪你們這些無聊之人！」貝洛特張開雙手大笑著說。

伊恩萊特的怒火早就到達了頂點，一聽到貝洛特的輕蔑話語後更是按捺不住怒火舉起手中長劍便往貝洛特的胸膛刺去。

貝洛特身體一斜便輕易的躲過了刺擊，隨後右腳一抬踢向伊恩萊特。伊恩萊特見狀便趕緊用手中盾牌抵擋住了踢擊，但踢擊的力道相當強大，伊恩萊特整個人還是被踢擊的強勁力道給震退了幾步。

蛇姬看見伊恩萊特攻擊失利後馬上就跨前一步手指著貝洛特城主大喊一聲：「小蛇！」此時在貝洛特的後方腳下的地表內忽然竄出一條紅色巨蟒，隨即紅色巨蟒張大了蛇口便往貝洛特的身軀衝去。

克雷夫驚見蛇姬身邊的那條紅色巨蟒襲向貝洛特，心想原來蛇姬早就預先叫紅色巨蟒來此埋伏等待。看來貝洛特已經無法閃避掉這麼近距離，以及這麼突然的攻擊，只要紅色巨蟒等等咬住了貝洛特，那麼貝洛特便會像之前自己在商船上一樣全身麻痺動彈不得任人宰割了。

但沒想到貝洛特竟然完全不閃避，反而是立即轉動身體將目光移往後方瞪著紅色巨蟒。紅色巨蟒被貝洛特雙眼這麼一瞪後竟然停止了攻擊動作，一雙紅色蛇眼也不再露出血色紅光。

蛇姬幾乎不敢置信自己眼前所看見的景象，跟隨自己多年的小蛇竟然會在敵人的身邊乖乖的低著蛇頭像是一隻溫馴的寵物一樣。這到底是怎麼一回事，貝洛特是如何能讓小蛇停止了自己所下達的攻擊指令。

就在蛇姬驚訝之餘，貝洛特卻伸手撫摸著紅色巨蟒說：「沒想到妳能駕馭『泰坦王蛇』，這真是讓我感到相當震驚，也讓我有點開始懷疑妳有可能真的是我的親生女兒。」

伊恩萊特趁著貝洛特毫無防備的時候舉起長劍再度發動攻擊，這次伊恩萊特從貝洛特的視線死角處切入攻擊，要來一個出奇不備的攻勢好讓貝洛特來不及反應而受重創。

肯亞查覺到伊恩萊特的動向，心想要提高伊恩萊特攻勢的成功率就必須先吸引住貝洛特的注意力。於是趕緊抬起手臂讓護腕連射出兩支銀箭，銀箭射出後自己也迅速的往與伊恩萊特不同的方向跳開。

貝洛特俯身躲過迎面而來的兩隻銀箭，但背後的伊恩萊特也正好在此時來到了貝洛特身後，握著長劍快速的往貝洛特的背部刺去。

就在伊恩萊特手中長劍即將刺中貝洛特的時候，伊恩萊特的腰部忽然被不明物體給纏繞住，而整個人也在被纏繞的瞬間從地面上給抬到了半空之中。

「還好我有事先叫『黑王』躲在大瀑布內，哈哈！」貝洛特的笑聲未停，一條龐大的黑色巨蟒從大瀑布中緩緩現身來到了貝洛特身旁。

肯亞看見這條名叫黑王的黑色巨蟒竟然比蛇姬的紅色巨蟒體型更加龐大，而且目前最令人擔心的是這兩條泰坦巨蟒都在貝洛特的掌控下。

「妳這隻泰坦王蛇還屬於幼蛇的階段，泰坦王蛇目前已經瀕臨滅絕，今日看到妳這隻泰坦幼蛇的出現，讓我感覺到泰坦王蛇仍然有在努力的延續著王蛇香火。」貝洛特微笑地觀看著小蛇。

被黑王蛇尾捆住的伊恩萊特舉起長劍開始攻擊黑王，但沒想到黑王的皮膚相當堅硬，伊恩萊特反覆的劈砍皆無法傷害到黑王半根寒毛。

擒賊先擒王，肯亞射出銀箭再度攻擊貝洛特，因為肯亞心中知道只要貝洛特倒下，那這兩條泰坦巨蟒便能被蛇姬所控制。

黑王挺身用身體幫貝洛特擋下了銀箭攻勢，隨後張大了蛇口往肯亞的身軀俯衝而去。

蛇姬看見黑王去攻擊肯亞後馬上從袖口內拋出數條青色小蛇攻擊貝洛特，黑王感覺到貝洛特有危險便放棄攻擊肯亞而急速回身用身體幫貝洛特擋下了蛇姬的攻勢。

克雷夫看見雙方已經開打了起來，是趕緊帶著美樂蒂以及貝蒂婆婆退到後方的岩石旁。

貝洛特指揮黑王攻擊蛇姬，此時蛇姬運起體內控制蛇類的能力來侵入黑王腦內，想要從貝洛特手中奪走對黑王的控制權。

但這場控制能力的交戰很快就分出高下，黑王並沒有受到蛇姬的影響仍然快速的攻向蛇姬。

眼看蛇姬即將無法躲避黑王的血盆大口時，小蛇竟然在此時張開了蛇口狠狠的咬住了黑王的蛇尾。疼痛讓黑王仰天嘶叫一聲，伊恩萊特就利用這次契機脫離了黑王的束縛。

「沒想到這隻泰坦幼蛇竟然能夠擺脫掉我的控制去保護妳，由此可見妳與這條泰坦幼蛇的感情相當深厚。」貝洛特從腰間拔出兩支彎刀後繼續微笑的說：「看來只有自己最可靠。」

肯亞察覺貝洛特即將要對蛇姬發動攻擊，於是眼神趕緊與伊恩萊特交會，隨後兩人一左一右的往貝洛特所站的位置包圍過去。

後方克雷夫看見貝洛特在肯亞與伊恩萊特，以及蛇姬的交叉攻擊下不顯劣勢，於是皺著眉頭對貝蒂婆婆說：「妳兒子這麼驍勇善戰，三個人圍攻他還佔不到人數上的便宜，貝蒂婆婆妳說看看這該如何是好？」

貝蒂婆婆看著蛇姬的小蛇正與貝洛特的黑王在打鬥，心想只要沒有黑王來阻饒蛇姬的小蛇，那無法控制小蛇的貝洛特將會陷入危機。

「想辦法先除掉那隻黑色巨蟒！」貝蒂婆婆對著克雷夫說。

「談何容易！妳沒看牠刀槍不入，而且還能不受蛇姬控制，我覺得先除掉妳兒子比較正確。」克雷夫指著黑王後說道。

「克雷夫叔叔，為什麼那個人拿著刀子想要打蛇姬姐姐呢？」美樂蒂在克雷夫後方問著。

「因為那個壞叔叔想要殺死蛇姬姐姐，我現在沒時間與美樂蒂聊天，美樂蒂趕緊躲好別出來。」克雷夫催促著美樂蒂趕緊往後頭站一點。

「可是那個人沒有辦法殺害蛇姬姐姐啊！因為蛇姬姐姐是那個人的女兒，我在霍爾伯伯的腦海中得到的訊息是這樣說的啊！」美樂蒂將頭歪向一邊思考著，彷彿想不透這些人為何要打鬥。

「果然不會平白無故派這麼多獵手去殺一位沒有行動能力的人。」貝蒂婆婆心中想完後馬上對著美樂蒂問道：「妳在這位霍爾伯伯腦中還得知到其他什麼事情嗎？」

美樂蒂想了一會兒才回答說：「是霍爾伯伯帶那個人去中都的，還有就是海蛇擁有不能殺害後代的詛咒，所以我才會說那個人沒辦法殺蛇姬姐姐的。」

克雷夫聽完後覺得轉機來了，只要善用這不能殺害後代的詛咒，那貝洛特就不能殺害蛇姬，於是趕緊走出岩石對著肯亞一行人大喊說：「貝洛特擁有海蛇詛咒！這個詛咒就是他不能殘殺自己的後代！」

貝洛特聽見克雷夫說完後便立即表情劇變，而肯亞聽完後也馬上用眼神告訴蛇姬測試一下可信度，於是蛇姬放棄用青蛇做遠距離攻擊，拿出腰際上的小匕首衝上前去靠近貝洛特做近身攻擊。

肯亞發現貝洛特果然無法對蛇姬發動攻勢，面對蛇姬的貼身攻擊都只能防禦性的閃避。但心想貝洛特的武藝實在太高，就算現在貝洛特無法攻擊蛇姬，但想單靠目前三人的攻勢恐怕也難以獲勝。

就在肯亞在煩惱的時候，肯亞發現到伊恩萊特也注意到了這點困境。因為肯亞看見伊恩萊特邊看自己邊指向一旁打鬥的兩條巨蟒，肯亞此時心中才明白伊恩萊特的用意，於是趕緊對著伊恩萊特點頭表示認同。

「沒想到妳真的是我女兒，那證明海蛇女人當時並沒有死亡。」貝洛特對於自己無法攻擊蛇姬也感到相當驚訝。

「我母親死了，奶奶說她在船上生下我以後就死了！妳為何要殺害我母親！」蛇姬越說越憤怒，手中的小匕首持續對著貝洛特揮舞。

「難道海蛇不用經歷懷胎十月的日子。」心中質疑的貝洛特用彎刀擋住了蛇姬的攻勢後說道：「一位年邁的部落族長跟我說凡是跟海蛇結合過的平凡人到最後都會死，這也是海蛇的另一個詛咒，而這個詛咒只有在殺死跟自己結合的海蛇後方能解除。我不想死！我為何要為了一隻海蛇而死，所以我當天晚上就去漁船上殺了妳的母親。但我在殺死妳母親後身體便開始起了巨變，我的體溫異常飆高，像是體內有火在燒灼一樣。我也發現我體內一直湧出力量，我漸漸壓抑不住這股想爆發出來的力量，於是造成我當時看見誰就打誰的現象出現。霍爾在街頭看見了我，覺得我是一頭好戰的猛獸。於是霍爾把我帶進他的角鬥士訓練所，讓我當他旗下的角鬥士並安排我去跟別的角鬥士對戰。我當時因為力量能得到發洩，所以我在往後慢慢的去學習如何掌控這力量，一直到後來才知道原來這股力量是控制蛇類的能力。但我現在相當喜愛這股力量，這股力量讓我想做什麼就能做什麼，簡直是無往不利，甚至還讓我順利的當上了第一大城主。哈哈哈！」

蛇姬看著大笑中的貝洛特滿是憤怒，殺了自己的愛人不但毫無悔意，反而在回想過程中還能得意洋洋的。

「小蛇！」蛇姬在攻擊中大喊。貝洛特趕緊往黑王的所在區域觀看，看到的是黑王的頭顱正卡在岩壁的裂縫中，看來是被肯亞以及伊恩萊特兩人不知道用了什麼計策讓黑王去撞擊岩壁裂縫而牽制住了行動，而蛇姬的小蛇則趁機轉向要來攻擊自己。

貝洛特不敢輕視泰坦蛇族的勇猛力量，趕緊驅動體內能力強行召喚黑王回來保護自己。黑王感受到貝洛特的召喚便開始不顧自己的頭顱傷勢強行上下扭動蛇頭想要靠硬扯方式來脫離岩壁裂縫。

蛇姬看見如此情況更是憤怒的對著貝洛特說：「你不顧黑王的傷勢強行召回，你不配擁有這種控制能力。」蛇姬說完後便搭配小蛇一起攻向貝洛特。

貝洛特知道黑王無法立即回到自己的身邊保護自己，於是採取不正面對抗的戰略一直往黑王所在的方向逃離。

肯亞與伊恩萊特也加入圍攻陣容，三人一蛇的包夾陣形也讓被困在中央處的貝洛特首次露出了恐懼的表情。

「你不但為了躲避詛咒而殺害我的母親，還拋棄家中年邁的母親，更派人殺害自己的恩師霍爾，接著又委託獵手想來取自己親生女兒的性命，你這種天理不容的人渣，今日就讓你命喪於此。」蛇姬說完後便往貝洛特進攻，肯亞與伊恩萊特，以及小蛇也同時攻向貝洛特。

「成功啦！這次貝洛特逃不掉了！」克雷夫在岩石後方開心的大喊著。

貝洛特趕緊判斷一下情況，蛇姬方向因為自己無法攻擊所以不好突破，另一方向的泰坦幼蛇的難度更是巨大，最後就只剩伊恩萊特與肯亞這兩個方向。冷靜思考決定要從肯亞這一個方向來做突破，因為肯亞是一名遠距離獵手，對貼身戰鬥一定會比對付伊恩萊特簡單多了。

貝洛特心意已決便舉起雙刀開始攻向肯亞，肯亞得知近身交戰對自己將會相當不利，但自己若是怯戰退開的話，那不就等於幫貝洛特開啟了一條撤退道路，於是肯亞硬著頭皮站穩腳步準備迎接撲面而來的貝洛特。

蛇姬心裡知道貝洛特選擇攻擊肯亞的用意，於是驅使小蛇趕緊搶先攻擊貝洛特，小蛇利用了龐大體型的優勢瞬間就來到了肯亞前方並且張大了蛇口迅速往貝洛特咬去。

貝洛特心知無法躲避開這次的攻勢，於是趕緊運起體內控制蛇類的能力想來控制小蛇。但貝洛特發現小蛇並沒有受到他的影響，貝洛特站在原地看著迎面而來的蛇口嚇得雙腳發軟表情惶恐。

「咬死他！」小蛇在蛇姬憤怒的吼聲下奮力一咬，但肯亞發現小蛇咬住的並不是貝洛特，小蛇咬住的是已經從岩壁裂縫中脫身而出的巨蟒黑王。

「我的好黑王！哈哈！」貝洛特看見黑王挺身而出保護了自己而開心了起來。

黑王雖然被小蛇咬住身體，但黑王仍然用尾巴去攻擊伊恩萊特。伊恩萊特驚訝之餘趕緊用盾牌來抵擋黑王蛇尾的攻勢，但黑王力道實在非常大，伊恩萊特承受不住這力道而整個人被擊飛了出去。

肯亞看見伊恩萊特整個人掉落到瀑布下的水潭，於是趕緊往伊恩萊特掉落的地點跑去，深怕伊恩萊特受到衝擊重傷而無法自己游水上岸。

「只要先解決掉妳，其他人就不足為懼啦！」貝洛特催動體內能力去控制黑王攻擊蛇姬，黑王接收到指示後便開始移動身軀往蛇姬方向移動。

蛇姬看黑王雖然被小蛇給緊咬住身體，但仍然是忍著痛楚持續的往自己所站的位置移動。由於黑王是拖著小蛇在移動，所以黑王每一次移動都會被小蛇的利牙給深深的割出一道傷痕。

蛇姬知道如果再這樣下去黑王絕對會肚破腸流，於是起了憐憫之心趕緊叫小蛇鬆開蛇口，自己則是運起了體內能力想要來控制黑王的行動。

「想用能力來分勝負是吧！我告訴妳，妳還太嫩！」貝洛特再一次催化自己的控制能力。

「他不懂得珍惜你，你當真願意為他犧牲性命。」蛇姬告訴黑王貝洛特的為人處事，同時也將自己的控制能力提升到最大狀況。

兩道控制能力在黑王腦內互相拉扯，在一旁的貝洛特看見黑王漸漸的放緩了移動速度，於是憤怒的將體內能力提高到最大境界。黑王接收到貝洛特強大的控制能力後，整個就像發了瘋似的開始瘋狂的往蛇姬方向衝去。小蛇見狀後趕緊用自己的身體去捆住黑王的身體，想要藉此來阻止黑王的移動能力。但黑王的力道實在是相當強大，小蛇的龐大身軀竟然還是被黑王硬拖著移動。

貝洛特看見蛇姬仍然站在原地持續的努力想要控制黑王，於是憤怒的對著黑王大聲咆嘯說：「快給我殺了那個女人！」

黑王接到指示後便張開蛇口朝蛇姬進攻，就在黑王即將吞噬掉蛇姬的同時，蛇姬脖頸上所配戴的水滴項鍊忽然發出白光，黑王看見白光後竟然立即停住了要吞噬蛇姬的動作。

小蛇在黑王停止動作後便鬆開對黑王的束縛，此時站在黑王後方的貝洛特憤怒的大喊說：「你這隻笨黑蛇在遲疑什麼！還不趕緊給我殺了她！」

貝洛特的話語一停，黑王竟然快速回頭攻擊貝洛特，貝洛特就在毫無反應的情況下被黑王給一口吞噬掉。

「是不是蛇姬控制了那條黑色巨蟒？不然那條黑色巨蟒為何會回頭吃掉貝洛特？」克雷夫被目前情況給驚嚇到，始終不明白黑王為何會瞬間轉向攻擊自己的主人。

「不是，蛇姬並沒有控制住黑王，控制黑王的人是蛇姬的母親。」貝蒂婆婆說完後便手指著蛇姬脖頸上的水滴項鍊。

克雷夫瞇眼看向正發著白光的水滴項鍊說：「這白光是蛇姬母親所發出的？難不成是這道白光叫黑王轉頭吞掉貝洛特的？」

貝蒂婆婆從岩石後方牽起美樂蒂站起來說：「我也不清楚這究竟是怎麼一回事，但這顆水滴寶石是海蛇女子的眼淚所化成的，如今這顆眼淚寶石在危險關頭幫助了蛇姬，自然就等同是海蛇女子幫助了自己的女兒蛇姬。」貝蒂婆婆邊說邊牽著美樂蒂往蛇姬方向移動。

克雷夫低著頭托著下巴陷入沉思狀態，過一會兒後抬頭才發現貝蒂婆婆與美樂蒂已經走遠，於是趕緊從岩石後方跳出來大喊說：「等等我啊貝蒂婆婆！」

☪

秋夏陽光灑落在東海海域上，肯亞一行人先將伊恩萊特送往中都療傷，隨後便到了南境領地把美樂蒂交給了老爺爺，最後在開著商船來到了東海海域，目的是要將蛇姬與小蛇給送到海蛇島。

「沒想到那隻黑色巨蟒最後還是因為傷勢太重而死掉了，唉……這種稀少蛇種就這樣死掉真是太可惜了。」克雷夫在商船的甲板上搖頭說著。

「你究竟想說什麼就直說吧！」肯亞知道克雷夫說話有所隱瞞，於是直截了當的對克雷夫說道。

「你真的不告訴蛇姬說你喜歡她？你真的捨得離開蛇姬？」

「她是海蛇後代，我們是不能結合的。」

「難不成你是在害怕海蛇詛咒？這也難怪，看貝洛特變成這樣任誰都會害怕。」

肯亞默默地望著海洋沒有回話，克雷夫看見肯亞變沉默後也沒再多問，兩人就這樣沉默的望著大海。

「肯亞你看！那邊的海水怎會這樣！」克雷夫忽然打破沉默指著右前方海域。

肯亞趕緊朝著克雷夫所指的方向望去，卻看見自己今生從未見過的景象。平靜的海面上竟然會出現一道寬大的水痕，這種水痕很類似船隻行駛在海面的時候所留下的行駛軌跡。然而這道水痕相當寬大並且一直在往商船方向延伸，看來海面下一定有不明的龐大生物正在快速朝商船移動著。

「快去通知蛇姬與貝蒂婆婆她們！」肯亞趕緊叫克雷夫去船艙內通知其他人。

克雷夫很快的就帶著蛇姬與貝蒂婆婆趕來甲板區，一行人站在甲板上看著這道急速而來的水痕都感到相當恐慌。

「會不會撞上我們？」克雷夫擔心的說著。

肯亞指著水痕回答說：「如果這隻不明生物沒改變移動方向的話，那就肯定會不偏不倚的撞上我們。」

蛇姬一直關注著這道水痕，看著水痕卻覺得內心有一股暖流湧上心頭。在一旁的貝蒂婆婆則是趕緊告訴身旁的克雷夫說：「能不能讓船隻加快速度來閃躲這隻生物。」

「我剛剛還沒去找妳們之前就已經先去吩咐划槳室內的夥伴們加快速度了。」

克雷夫回答著貝蒂婆婆。

「沒用的，依我看來這道水痕擺明了就是衝著商船而來的，從剛才到現在，不管商船往哪個方向移動或是速度忽快忽慢，這道水痕總是有辦法修正方向直衝而來，我看還是趕快準備迎接衝撞比較實在。」肯亞脫下背後的披風說著。

「你們快看！那道水痕忽然開始加速衝過來啦！現在該怎麼辦啊！」克雷夫焦急著大喊。蛇姬同樣目不轉睛的一直看著海面上的水痕，而水痕很快的就衝到了商船旁邊。

「準備撞擊！大家快緊抓住牢固的東西！」肯亞朝著其他人大喊。

克雷夫聽見肯亞的喊聲後便嚇得雙手抱頭蹲在甲板上不敢動彈，貝蒂婆婆則是跑去船尾方向抱著一個大木桶，肯亞自己則是站立在原地緊抓住船邊看著水痕。跟肯亞一樣站在原地沒離開船邊的還有蛇姬一人，肯亞與蛇姬兩人此時互看著對方沉默不語，此時水痕的前端部分已經接觸到了商船。

過了數秒，肯亞與蛇姬兩人心裡都覺得奇怪，商船並沒有與不明生物發生碰撞，難不成這隻海中生物得知海面上有船隻而下潛海中來避免與商船碰撞。為了確認這點，肯亞牽著蛇姬往商船的另一邊移動，目的就是想要看看這隻不明生物是否已經穿越過了商船。

肯亞與蛇姬才剛走動幾步就發現海面上起了變化，八條龐大水柱直接從商船周圍方向竄起，整艘商船就這樣被這八條水柱給困在其中。

「這是什麼啊！」克雷夫被嚇得大叫。

肯亞用相當震驚的表情看著這八條大水柱，因為這八條大水柱竟然漸漸變化成八條大水蛇，隨後又有一條大水蛇從海面上冒出並且直接趴在商船上頭。

肯亞舉起手臂準備對正趴在甲板上的大水蛇發動攻擊，因為在這條大水蛇的蛇頭上站著一位水藍色的裸體女人。

「海蛇女子是妳嗎？妳沒死！感謝老天！」貝蒂婆婆認出眼前裸身女子便是蛇姬的母親。

肯亞聽見貝蒂婆婆的話語後就放下手臂，海蛇女子則是看看貝蒂婆婆後便朝著蛇姬走去。

「她是妳母親？」肯亞低聲問著身旁的蛇姬。

「從看到水痕開始我就感受到有一股溫馨的不明能量在接近我們，我萬萬沒想到這股能量竟然是來自我的親生母親。」蛇姬體內的能力與眼前的女子產生共鳴，加上貝蒂婆婆也認出這位女子，因此蛇姬知道這位女子毫無疑問的就是自己的親生母親。

海蛇女子走到蛇姬面前撫摸著蛇姬臉頰，隨後微笑地將額頭與蛇姬的額頭作接觸。

肯亞看此景象便想起蛇姬之前曾告訴過她在碼頭聽一名老手水說過海蛇是運用額頭互相接觸的方式來溝通，所以肯亞卸除手腕上的銀箭開關靜靜的在一旁等候。

肯亞默默看著蛇姬與她母親在心靈交流過程中有轉頭看了一下自己，隨後又轉頭回去對著她的母親點一點頭後就又回復到心靈交流的動作。

過了不久，海蛇女子將額頭收回後便直接走到肯亞面前。肯亞看著海蛇女子表情顯得不知所措，隨後海蛇女子慢慢將額頭送上前來與肯亞的額頭碰觸。

肯亞感覺到額頭一被碰觸後便有一股悅耳的聲音直達腦海，這聲音聽了會讓人完全放鬆，這種奇異感覺還是自己第一次體會到。

海蛇女子與肯亞心靈交流完後便走到貝蒂婆婆面前行禮，隨後轉身走到甲板上的大水蛇頭上，並與其他八條大水蛇陸續的潛入海裡消失無蹤。

「海蛇女子跟你們說了什麼啊？」克雷夫看見所有大水蛇都退去後趕緊跑來好奇的問道。

但克雷夫看見肯亞與蛇姬兩人都在微笑的看著彼此並沒有回答自己的問題，隨後兩人同時擁抱著對方並用額頭互相碰觸。因為此時兩人心裡都知道，他們的人生旅程現在才要開啟。

「女兒，妳願意讓我拔除妳的能力，讓妳能像正常人類一樣去愛一個妳所愛的人嗎？我不希望妳因為背負著海蛇的能力而喪失掉妳應得的平凡生活。身旁這位男子是深愛著妳的，如果妳願意與他去撰寫新的人生旅程的話，那我現在就幫妳把妳體內的海蛇能力給清除掉。」

「肯亞，海蛇詛咒已經不存在了。我希望你們能照著共同的心意而走，去吧！去開拓你們新的人生旅程吧！」

完

培育文化 奇幻魔法 23

蛇淚

作者　周俊賢
責任編輯　王惠蘭
美術編輯　姚恩涵
封面/插畫設計師　Blamon

出版者　培育文化事業有限公司
信箱　yungjiuh@ms45.hinet.net
地址　新北市汐止區大同路3段194號9樓之1
電話　（02）8647-3663
傳真　（02）8674-3660
劃撥帳號　18669219
CVS代理　美璟文化有限公司
TEL／(02)27239968
FAX／(02)27239668

總經銷：永續圖書有限公司
永續圖書線上購物網
www.foreverbooks.com.tw

法律顧問　方圓法律事務所　涂成樞律師
出版日期　2016年3月

國家圖書館出版品預行編目資料

蛇淚 / 周俊賢著. -- 初版. --
新北市 : 培育文化, 民105.03
面 ;　公分. -- (奇幻魔法 ; 23)
ISBN 978-986-5862-78-7(平裝)
857.7　105000425

※為保障您的權益，每一項資料請務必確實填寫，謝謝！

姓名		性別	□男 □女
生日	年 月 日	年齡	
住宅地址	郵遞區號□□□		
行動電話		E-mail	

學歷

□國小 □國中 □高中、高職 □專科、大學以上 □其他____

職業

□學生 □軍 □公 □教 □工 □商 □金融業
□資訊業 □服務業 □傳播業 □出版業 □自由業 □其他____

謝謝您購買 蛇淚 與我們一起分享讀完本書後的心得。務必留下您的基本資料及電子信箱，使用我們準備的免郵回函寄回，我們每月將抽出一百名回函讀者，寄出精美禮物以及享有生日當月購書優惠！想知道更多更即時的消息，歡迎加入"永續圖書粉絲團"

您也可以使用以下傳真電話或是掃描圖檔寄回本公司電子信箱，謝謝！

傳真電話：（02）8647-3660　電子信箱：yungjiuh@ms45.hinet.net

●請針對下列各項目為本書打分數，由高至低5～1分。

	5 4 3 2 1		5 4 3 2 1
1.內容題材	□□□□□	2.編排設計	□□□□□
3.封面設計	□□□□□	4.文字品質	□□□□□
5.圖片品質	□□□□□	6.裝訂印刷	□□□□□

●您購買此書的地點及店名____

●您為何會購買本書？

□被文案吸引 □喜歡封面設計 □親友推薦 □喜歡作者
□網站介紹 □其他____

●您認為什麼因素會影響您購買書籍的慾望？

□價格，並且合理定價是____ □內容文字有足夠吸引力
□作者的知名度 □是否為暢銷書籍 □封面設計、插、漫畫

●請寫下您對編輯部的期望及建議：

★請沿此線剪下傳真、掃描或寄回，謝謝您寶貴的建議！

221-03

新北市汐止區大同路三段194號9樓之1

傳真電話：（02）8647-3660

E-mail：yungjiuh@ms45.hinet.net

廣 告 回 信
基隆郵局登記證
基隆廣字第200132號

培育

文化事業有限公司

讀者專用回函

蛇涙

培 養 文 化 育 智 心 靈 的 好 選 擇